新編、亞森・羅蘋

Arsène Lupin

之5 怪客軼事 大結局

莫理斯・盧布朗 Maurice Leblanc 著
丁朝陽 譯

目錄
contents

新編 亞森·羅蘋
Arsène
Lupin

序

史上最迷人的神偷大盜

朱墨菲

對所有喜愛犯罪推理的小說迷來說，書中那個擁有過人智慧、總是能一語道破案情關鍵的大偵探，無疑是全書的靈魂人物。

細數大眾耳熟能詳、鼎鼎有名的幾個大偵探，除了柯南・道爾所著《福爾摩斯探案全集》中的夏洛克・福爾摩斯；艾嘉莎・克莉斯蒂系列作品中的白羅和瑪波小姐，以及日本人氣推理動漫《名偵探柯南》外；名氣最大的莫過於法國名作家莫理斯・盧布朗所塑造出來的亞森・羅蘋這個角色了！

莫理斯・盧布朗甫一發表《亞森・羅蘋》就造成了極大的轟動，在全球掀起熱潮，百年來歷久不衰，原因就在於主角亞森・羅蘋行事風格的特立獨行，他頭腦聰慧、心思縝密、風流倜儻、家財萬貫，作風亦正亦邪，而他巧妙百變的身分更是令人目不暇給，無法捉摸，他最擅長的就是化妝術，什麼汽車司機、伯爵親王、走方郎中，這一刻，他是風度翩翩的王公貴族；下一秒，他可能成為出神入化的藝術大盜，每一次的變身都是撲朔迷離，難以預測，也許現在坐在你身邊的那個紳士，就是亞森・羅蘋呢?!正是他的多變造型，令讀者情不自禁地深陷在他的魅力之中。

羅蘋雖然行事離經叛道，但他盜亦有道，替小老百姓伸張正義，在所有的系列故事中，他真正犯案進行盜竊的只有九部！因此人們給他冠上「俠盜」、「怪盜」、「怪盜紳士」等雅號，堪稱史上最有名的世紀大盜。他的劫富濟貧，除了是因為同情下層人民的疾苦，亦是反映了當時社會貧富階級的巨大差異，與許多居上位者為富不仁、道貌岸然的醜陋面貌。

與正經八百、不苟言笑的福爾摩斯不同，流著法國浪漫血統的他，每一次的冒險總有紅粉知己相伴，不論是美國富豪之女、俄國流亡貴族、議員遺孀、女秘書、黑手黨情婦、夜總會中的舞女，每一次歷險都是一次戀愛的開始，也增添了他多情迷人的形象。

羅蘋作案手法高明，既紳士又幽默，既狡猾又機靈，無論是精彩絕倫的鬥智較勁，還是曲折離奇的懸疑情節，都讓喜愛推理小說的亞森迷大呼過癮，更難得的是他面對困境時的從容不迫，在千鈞一髮時靠冷靜思考脫離險境的技巧，每每令讀者驚嘆連連、拍案叫絕！

正因為亞森・羅蘋躍然於紙上的鮮活形象，使他不僅成為西洋偵探小說的雅盜典型，更啟發了無數名家的創作，好比我們就可以從古龍筆下的「盜帥」楚留香的身上一窺羅蘋的影子；或是從日本推理小說之父江戶川亂步創作的《怪人二十面相》、加藤一彥的《魯邦三世》和青山剛昌的《名偵探柯南》等書中找到亞森・羅蘋的原型。當初古龍的《楚留香傳奇》小說及改編的影視紅遍華人世界之時，評論家們大多認為楚留香的人設，來自其時風靡歐美的「〇〇七」情報員龐德；其實，稍一細看，便會發現：楚留香的形象、行徑，主要是取材自亞森・羅蘋。

回顧偵探小說的創始者，首推美國的詩人兼小說家愛倫坡（Allan Poe），在他所寫的驚悚小說裡，將杜賓刻畫成一個精於辨明暗記，善於做心理分析和解剖疑難的人物，愛倫坡也被譽為「偵探推理小說之父」；而將偵探小說發揚光大的，便是英國的柯南・道爾（Conan Doyle）和法國的莫理斯・盧布朗（Maurice Leblanc）了。

盧布朗生於法國巴黎市郊的盧昂，一生共創作了二十部長篇小說和五十篇以上的短篇小說，並曾獲法國政府小說寫作勛章。他從小就立志要走文學之路，高中畢業後，父親要他接手梳毛機的工廠，但他對此毫無興趣，整日躲在廁所裡創作。之後赴巴黎遊學，也未依照父親的希望攻讀法律，卻在報社及出版社工作。一八八七年，他出版了第一本長篇小說《女人》，一九〇〇年成為一名新聞記者。

一九〇三年，盧布朗應發行雜誌《我什麼都知道》的朋友皮耶・拉飛特之邀，請他撰寫偵探小說，向來只寫純文學作品的盧布朗起先並不願意，但因拉飛特再三懇求，於是嘗試創作偵探小說，刊載的第一篇作品就是〈亞森・羅蘋被捕〉，立即造成轟動，引起廣大迴響。「怪盜亞森・羅蘋」這個人物更使他一夕成名，成為揚名全世界的作家。

至一九三四年為止，盧布朗總共寫下超過近三十部「亞森・羅蘋」的系列小說（包含短篇小說集），最知名的有《俠盜亞森・羅蘋》、《怪盜與名偵探》、《八・一・三之謎》、《虎牙》、《消失的王冠》、《水晶瓶塞》、《棺材島之謎》、《金三角》、《八大奇案》、《魔女與羅蘋》、《兩種微笑的女人》、《神探維克多》等等，其中被改編成電影或翻拍成影集的更是不勝枚舉，代表了人們至今仍對他的俠義精神與幽默童心喜好不減。

有鑑於此，本公司特別精選了「亞森・羅蘋」系列中最經典亦最具代表的五個故事以饗讀者，包括《巨盜vs.名探》、《八大懸案》、《七心紙牌》、《奇案密碼》、《怪客軼事》，不論是看過或沒看過「亞森・羅蘋」的讀者，只要翻看本系列，都可以一起徜徉在亞森・羅蘋的奇幻冒險世界裡。

一　奇案開場

四點半的時候，巴黎警務總監但斯曼林還沒有回到辦公室，書房裡只有他的秘書。秘書把一疊的信函和報告在書桌上放好，便按鈴喚人，一個接待員進來了，便說：「總監約好幾位紳士，在今日下午五點到這裡來。這是客人們的名單，你把他們一一帶到各間會客室裡，不要讓他們彼此交談，再把他們的名片送給我過目。」

接待員聽了吩咐，答應著出去了。

秘書說完，剛要到他的辦公室裡去，大門忽然呀的一聲開了，進來一個人，腳步踉蹌，在一張椅子上靠下，身子搖擺個不停。

秘書吃了一驚，說：「你不是范洛嗎？你怎麼了？」

原來這范洛警長的身體本是很強壯的，但此刻顯然是受了什麼重大的刺激，變得這個樣子。

「秘書先生，沒有什麼。我不過是疲倦了些，實在是近來辦事太忙了，只為了要辦總監交付的一件重案，可是，我覺得情況很怪……」范洛警長拭去頭上的汗，挺身說道。

秘書問：「你需要一杯涼水嗎？」

范洛答：「謝謝你，我不要。」

秘書又問：「你要什麼呢？」

范洛道：「總監在這裏嗎？」

秘書道：「不在，他大約五點鐘才會回來，因為有一個重要的約會，你的報告這麼緊急嗎？」

范洛說：「正是，十分緊急，是關於一個月前發生的那件罪案，這案子的結果，引起今夜又要發生兩件謀殺案，今晚假如不採取必要措施，謀殺將無法避免。」

「范洛，你坐下說吧。」

「啊，這是個精心策劃的陰謀，真想不到……」

「你既然知道了這件事，總監先生一定會授予你全權處理這件案子的。」

「但是，我擔心見不到他，所以寫了一封信給他，所有情況都在這裡面了，這樣比較保險些。」

說時，就取出一個黃色大信封，交給秘書，道：「這裏還有一個紙盒，裡面的東西可以補充我信中說不明白的地方。」

秘書道：「這些，你為什麼不自己拿著呢？」

范洛道：「我很害怕，有人監視我，想要結束我的性命，所以這個秘密需要有第二個人知道，我的心裡才能安定。」

秘書道：「范洛，你不要害怕，不久總監就會回來了，現在你還是吃些東西，休息一會兒才好。」

范洛聽了有些猶豫，又擦了一把額頭上的汗，站起身出去了。

秘書把那封信放在總監桌上厚厚的卷宗裡，然後從側門回到他的辦公室。

他剛關上門，前廳的門忽然又開了。范洛回到屋裡，咕噥著說：「秘書先生，我覺得還是告訴你更好……」

他一臉慘白，牙齒打戰，見秘書走了，就想去他辦公室，突然一陣頭暈，倒在一把椅子上，休息了幾分鐘。

他覺得渾身沒有一絲氣力，自言自語說：「我到底怎麼了？難道我也中了毒嗎？唉，我怕……」

他伸手到桌上取了一枝鉛筆和記事本，正想落筆，忽又停住，道：「不，不用費事，總監先生定會讀我的信的，……我到底怎麼啦？啊……」

猛地，他站起來，說道：「秘書先生，必須……今夜……什麼也阻止不了……」

他像個木頭人似的，靠著意志力支撐著，一小步一小步朝秘書辦公室門口踉蹌地走去。但半路上支持不住，只得坐下來，他十分恐懼，渾身發顫，聲音啞了，叫喊也聽不見。

他四下張望，想按電鈴，但他眼前一片烏黑，什麼也看不見。

他跪下來，像瞎子一樣摸索著，爬到牆邊，摸到隔斷的板壁上，他順著摸去，可是腦子裡一塌糊塗，記不起房間的位置了，本想去左邊秘書辦公室，卻朝右邊爬，摸到屏風後面。

那屏風背後，有一扇門，他用手把門打開，氣喘嘘嘘地嚷道：「救命，救命！」

這地方原是總監平日的梳洗室，他跌進去後，神智已經不清，還當是在秘書的辦公室，所以又哼著道：「今夜！謀殺……今夜！你們會看到……齒痕……可怕啊…好難呀……我中毒了……救命啊！救命！」

到了五點還差十分的時候，警察總監回到辦公室。

他在這個令人尊敬的崗位上已有三年了，大權在握，人人都以禮敬他，他五十多歲，身材魁梧，一臉精明。

他穿著一身灰西裝，綁一副白色腿套，一條領帶在胸前飄擺，從裝束上看不像個警官。

總監按鈴叫秘書。秘書進來了。他問道：「我請的客人都來了嗎？」

「都來了，總監先生。我已請他們在幾間會客室中分別候見。」

「其實他們彼此碰見也不打緊，不過這樣更好。我想，美國大使不會親自來吧？」

「是的，沒有，總監先生。」

「他們的名片你都有嗎？」

「喏。」

秘書便取出五張名片，遞給總監，總監接過來唸道：

「美國使館一等秘書白郎，律師李百多，秘魯使館參贊卡歇爾，退職少校亞司多里伯爵，魯意・皮立那。」

第五張名片，只印著姓名，職銜和地址全都沒有。

總監道：「這個魯意・皮立那，我正想會見他，這人和鬼神一般，引起了我的好奇心。你看過外籍軍團的報告嗎？」

秘書道：「看過了，我也對他很感興趣。」

總監道：「多麼勇敢的人啊！簡直是英勇的瘋子。他的戰友給他起了個綽號，叫**『亞森・羅蘋』**！你可記得亞森・羅蘋不是早已死了嗎？」

秘書道：「他在你升職的兩年前死的，他和卡世白夫人的屍體在瑞士一個小村屋的碎瓦堆裡同時被發現，驗屍的結果，他先把那女魔卡世白夫人弄死，然後放火燒屋，他也跟著自盡了。後來調查證明卡世白夫人確實有罪。」

總監道：「那混蛋應該這樣結束，說實話，我寧願不與他交手……瞧，說到哪兒啦？那摩而登的遺產案的資料，你已替我預備好了嗎？」

秘書回道：「已放在你書桌上了。」

總監道：「好，我倒忘了，范洛警長回署沒有？」

秘書道：「回來了，他此刻或許在診所看病。」

總監道：「他有什麼病？」

秘書道：「他的樣子很怪。」

總監道：「你說說看。」

秘書便把剛才的經過講了一遍，總監一聽，現出憂愁的樣子說：「你不是說他有一封信給我嗎？那信呢？」

秘書道：「在那紙堆裡。」

總監聞言說：「奇怪的很，范洛是第一流的警長，向來穩重，他這麼害怕，事情一定很嚴重，你去找他來，我且在這裡讀信。」

秘書立即去找，五六分鐘後驚慌地跑回來說沒有找到。

「奇怪的是，接待員看見他從這裡出去，很快又折了回來，並沒有見他再出去。」

總監道：「恐怕他是經過這裡，上你那兒去了。」

秘書道：「上我那兒來嗎？我那時正在辦公室內，沒有離開。」

總監納悶道：「那我真不懂了。」

秘書道：「是呀！范洛既不在這裡，又不在隔壁，那就是出去了，難道接待員不曾留心他出去嗎？」

「顯然是這樣，他或許是到外面呼吸新鮮空氣去了，一會兒就要回來的，再說，一開始也用不著他在場。」總監一面說，一面瞧著時鐘說：「五點十分了，請告訴接待員領那幾位先生進來吧，啊，且慢。」

總監翻著卷宗，找出范洛的那封信。這是個黃色大信封，一角印著「新橋咖啡店」的字樣。

秘書道：「先生，范洛現在不在，你可把這信拆開，看有什麼事。」

總監說：「你說得有理。」說著，便把那封信拆開，忽的大叫一聲道：「唉唷，這太奇怪了。」

秘書忙問：「什麼？」

總監道：「你瞧，信封裡只有一張白紙，摺作四層，卻是空白的。」

秘書道：「但是范洛曾告訴我，這個案件的情況，他知道的都寫在裡面了。」

「他是告訴你了，可是你看見了，信紙上一個字也沒有，好在我深知范洛的為人，否則我會以為他在開玩笑呢。」

「總監先生，這是他的疏忽。」

總監道：「疏忽是確然無疑的，但事關兩條人命，還這樣疏忽嗎？他不是對你說今夜將發生兩起謀殺案嗎？」

「是的，總監先生。今夜，而且極恐怖，他是這麼說的。」

總監背著手，在室內踱了幾圈，忽然在一張小桌旁站住了，問：「這是什麼？誰給我的小盒子？外面還寫著一行字道：**警務總監先生，倘遇意外，即將此物拆開。**」

秘書道：「哦！我倒忘了，這也是范洛警長留下的，他說這裡面有件要緊東西，是補充他信中不完全的地方的。」

總監忍不住笑道：「怎麼，信還需要補充說明？儘管還沒出事，我們也打開看看吧。」

總監一面說，一面把紙盒揭開，裡面襯著幾層棉花，髒兮兮的，中間放著半塊巧克力。

總監很為詫異，失聲道：「這不知葫蘆裏賣的什麼藥哩！」

他拿起這塊巧克力細細打量，才知這半塊糖的異處和范洛警長保存它的緣故。原來這半塊糖上下都有很明顯的牙印，咬入有兩三毫米深，形狀和齒寬各不相同，上齒四個，下齒五個，各不相混。

總監瞧得出神，把頭直垂到胸口，又在室內走了一陣，自語道：「怪了，這個啞謎，我要查個究竟，那張紙，那些齒痕，這都是什麼意思呢？」

他吩咐秘書：「那幾位先生不能讓他們久候了，你叫人請他們進來吧。同時，范洛警長來時，你立刻通報我，因為我要馬上見他，除此之外，其他事不要以任何借口來打擾我。」

不一會，接待員引進四個人。第一個是律師李百多，他身體肥大，一張紅臉，蓄著頰髯，戴著眼鏡。後面跟著美國使館秘書白郎與秘魯使館參贊卡歇爾，這三人都是熟人，總監對各人寒喧，然後上前一步，迎接那退役少校亞司多里伯爵。

正在這當兒，室門忽又開了，進來一個人，總監連忙伸手道：「閣下莫非就是魯意・皮立那嗎？」

那人身高適中，體格瘦削，胸前掛著軍功章和榮譽團的勳章，瞧他舉止翩翩，面容、眼神和舉止神態都很年輕，看上去只顯得四十歲左右，但眼角額頭上有些皺紋，表明他已四十好幾了。

他見總監動問，連忙行禮答道：「正是，先生！」

亞司多里呼道：「你是皮立那嗎？你還活著？」

皮立那道：「正是，見到你，真高興。」

「你還活著！我離開摩洛哥時，沒聽到你的音訊，大家都以為你已經死了。」

「我只是被俘了。」

「做蠻族的囚犯，還不和死一樣。」

皮立那道：「不完全一樣，少校，我逃回來了，我就是當前的鐵證。」

總監被皮立那說得心動，便又對他的面上端詳，見他面含微笑，兩眼坦誠、堅毅，古銅色的皮膚顯然是曬多了太陽的結果。

接著，總監便請客人入座，自己也坐下，說道：「諸位，這次我請你們來，想必你們都覺得很奇怪。我和你們的談話方式，也使你們感到詫異。但你們要是信任我，就會發現事情其實很簡單，我且把這件案情略述一遍。」

說著，便把秘書替他準備的文件鋪在面前，一面說，一面看那些批註道：

「五十多年前，正當一八六〇年，有三個孤女，大的喚做意瑪里，二十二歲；老二叫伊麗莎白，二十歲；最小的喚亞美・羅素，十八歲，她們同一個表兄叫維多的，同住在聖意汀地方。

「那最大的女郎，第一個離開聖意汀，到倫敦嫁給一個英國人姓摩而登的，生了一個兒子，取名叫各士摩，一家人生活貧困，日子相當困窘時，意瑪里曾幾次寫信給妹妹，請求資助，但始終得不到回音，此後便斷了聯繫。

「一八七〇年，夫婦倆離英至美，五年後，居然成了富翁，一八七八年，摩而登先生死了，意瑪里繼續經營他留下的資產。她很有投資的頭腦，賺了很大一筆錢。一九〇五年她去世，兒子所得遺產，總數約有四百兆法郎。」

客人聽到這裏，似乎很為感動。

總監見伯爵和皮立那互遞了個眼色，便問道：「你們莫非認識那各士摩・摩而登嗎？」

伯爵道：「正是，皮立那和我在摩洛哥打仗的時候，他也在那裡。」

總監道：「不錯，各士摩・摩而登開始環遊世界。聽說他對醫術很精通，有時也看看病，他起先住在埃及，後來又遷到阿爾及爾和摩洛哥，在去年停戰後來到巴黎定居，不料在四星期前竟意外的死了。」

美國使館秘書道：「是的，這事報紙上也登了，我們使館也得到了通知，是因為打針失誤死的吧？」

總監道：「正是，他患了流感，依照醫生的囑咐，自己打針注射藥劑，沒想到有一次打針時忽略了消毒，傷口受到細菌感染，沒有幾小時就死了。」

總監說到這裏，又向律師道：「李百多，我敘述的，你看準確嗎？」

律師說：「一點也不錯。」

總監又道：「次日，李百多到這裡來，取出他經手的小摩而登的一紙遺囑。」

總監說到這裡，一面動手找這份遺囑。

李百多接著說：「小摩而登生前請我到他房裡，把剛寫完的遺囑交給我，這是他剛患病的時候。他告訴我，他正在尋找他的親戚，病好後，還要認真尋找，哪裏知道他的心願還未達到，卻先與世長辭了。」

這時總監找出一個拆開的信封，裡面裝著兩張紙，他把大的一張展開道：「這便是遺囑，我且把囑文和附文唸出來，大家仔細聽：

『這是我最後的遺囑，我叫各士摩，姓摩而登，是赫伯・摩而登和意瑪里・羅素的長子，是美國公民，我把我的一半家產留給接納我的美國，舉辦符合我所寫說明的慈善事業，由李百多以公證人轉交美國大使館。餘下的財產，包括在巴黎、倫敦各銀行的存款，已開出清單，餘下大約一百兆法郎，也歸李百多律師保管。

為了紀念敬愛的母親，這一份財產傳給姨媽伊麗莎白·羅素或她的直系後人。假使沒有人的話，那麼傳給她的次妹亞美·羅素或其後嗣；如果沒有人，便傳給她的表兄維多·羅素或其後嗣。倘我死之後，還未找到羅素一姓的後嗣，那麼請我的朋友魯意·皮立那盡力尋找。我在歐洲的這部分財產，請他做遺囑執行人，並請他做我的代表，處理我死後或因我死亡而引起的一切事情，又感謝他兩次救我的性命，因此傳給魯意·皮立那一百萬法郎。』」

總監停頓了一會。魯意·皮立那自語道：「可憐的各士摩，我執行他的遺囑，並不必要收這麼一大筆錢。」

總監又往下唸道：「倘我死後三四個月內，皮立那和李百多的偵查終歸無效，而羅素一姓始終沒有後嗣前來認領這份遺產，那麼，這份遺產，便全數歸我友魯意·皮立那。我深知他的為人，他會把這份財產用於他在摩洛哥帳篷裡熱情地告訴我的高尚目的和偉大計劃。」

總監唸到這裡又停頓一下，看著皮立那，皮立那無動於衷，也不出聲，神情鎮定，不過睫毛上閃著淚光。

伯爵道：「皮立那，恭喜你。」

皮立那答道：「這個遺產法要不是受條件的束縛，我敢發誓，靠我一生，包管能找到羅素一姓的後嗣。」

伯爵道：「我知道，相信你做得到的。」

總監問皮立那道：「不管怎樣，這附有條件的遺產……你不會拒絕吧？」

皮立那道：「不，世上有些事情是不能拒絕的。」

總監道：「我現在問你這個，是因為遺囑最後有一條：『倘我友皮立那出於某種原因拒絕這份遺產，或者他在繼承之日之前死了，就請美國大使先生和警察總監先生用這筆財產在巴黎辦一所大學，專招美國的學生和藝術家入學。無論如何，總監先生可以預先提取三十萬元，作為他手下警務人員的津貼。』」

總監唸完這囑文，摺好，從信封中抽出另一張紙，說：「遺囑有一個附件，是小摩而登先生寫給李百多律師的一封信，對遺囑的幾處地方作了更明確的解釋。」說著，又唸那附件道：

「我請李百多在我死後的次日，當著警務總監的面，宣讀我這遺囑，總監定能將這事保守秘密一個月。一個月以後，請總監把李百多和皮立那以及美國使館裏一個重要職員，召集到辦公室，宣讀遺囑以後，把一百萬法郎的支票，交給我友暨受產人皮立那，但得驗明正身，和他的字據。查驗身分一事，請少校亞司多里伯爵辦理，因為少校曾在摩洛哥做過皮立那的長官，不幸早年退職。

「要驗他生身之地，須請秘魯使館裡一位職員辦理，因為他雖是西班牙國籍，卻生在秘魯。還有一層（這是吾對於處置財產方法上，最後表示的志願。）在第一次集會後六十天外，但還不得超過九十天，由警務總監召集第二次會議，這次才依法宣布確定的受產人，但須本人到會時宣布，那時倘仍沒有羅素一姓的後嗣前來認領遺產，那麼魯意・皮立那便成了確定的繼承人。」

總監唸完，把兩份文件放回信套，說道：「諸位，小摩而登先生的遺囑全文，你們已聽見了，我請你們到這裡，也就是為了這個。不久，將有第六人到來，他是我們警署的偵探，我命他先對羅素家族作初步調查，他將把調查結果向大家報告。現在，我們來按死者的遺囑辦事。應我的要求，皮立那在兩個星期前把證件寄給了我，經過我親自查驗，一點不錯。他的出身，我已寫信給秘魯公使，請他收集更準確的資料。」

秘魯參贊說：「敝國公使已將這件事委託我辦理，這件事並不難辦，據我調查，魯意・皮立那確是出身西班牙古老世家，三十年前移居秘魯，但仍保留歐洲的產業。

我在南美洲認識他的父親，他父親說起這個獨生子十分喜愛。他父親去世的消息，也是我們使館通知他的，這就是當時寄往摩洛哥那封信的底本。」

說到這裏，又向亞司多里問道：「少校，皮立那在摩洛哥外籍軍團當兵的時候，曾在你的麾下打過仗，你還能認識他嗎？」

少校說：「認識。」

「不會弄錯吧？」

「決不可能弄錯，而且我沒有半點猶疑。」

總監笑道：「你認識那個功勳卓著，被戰友們稱為亞森・羅蘋的皮立那？」

少校道：「認識，他的夥伴稱他為亞森・羅蘋，我們卻稱他是個英雄，我們常說他是個強勇無比的人。」

總監笑道：「他像基督山伯爵一樣神秘，這是外籍軍團第四團的報告裡說的，報告當然不必在這裡全文照唸。我只指出一點，皮立那在兩年中功績卓著，得了軍功章和榮譽團勳章，七次通令嘉獎。我只是隨便唸唸。」

皮立那急忙道：「先生，請不必，這些都是些平凡小事，毫無意思。」

這時皮立那站起身來要走，少校急忙拉住他，讓他坐下。

「總監，我請求您饒了我這位老戰友，他確實面子薄，人家要是當他面表彰他的功續，他會很不好意思的。」

總監道：「那麼我不提就是了，但我只說一件，就是兩年以前，你身陷四十蠻人的埋伏而被捉，直到上月才回到外籍軍團？」

皮立那道：「正是，後來因為我軍役期滿，就退伍了。」

總監又道：「但你不見蹤影有十八個月，這期間正是小摩而登立遺囑的時候，他遺囑裏又怎會提到你呢？」

皮立那道：「他和我時常通信的。」

總監道：「什麼？」

皮立那道：「我早把將要逃回巴黎的消息告訴他了。」

總監道：「那時你們用什麼方法通信，你又在哪裡？」

皮立那只是笑笑，說道：「我被俘和脫逃的事十分複雜，改日再和你們細說，現在請你們大家原諒。」

總監又道：「我還要問你，你的伙伴為什麼都叫你亞森・羅蘋呢，這是表示你的勇敢和魄力嗎？」

皮立那道：「這另有一個緣故，因我曾破過一件很奇怪的竊案，所以他們才替我取了這個外號。」

總監道：「這樣，你具有破案的天才嗎？」

皮立那道：「不敢。」

總監道：「這竊案很重大嗎？」

皮立那道：「正是，這案就出在小摩而登身上，那時他在互倫省，這次也是我們有交誼的開始。可憐的各士摩就為這件事，深信我具有偵探的才能，他常說，皮立那呀，倘若我被人殺害，你需要立誓替我追捕凶手！」

警務總監道：「可他的預感沒有道理呀，摩而登並不是被人謀殺的啊？」

皮立那道：「總監先生，那您就錯了。」

總監嚇了一跳，忙問：「什麼？您說什麼？摩而登……」

「我說他並不是如人們所認為的，是打針失誤致死的，而是如他自己所擔心的，是死於非命。」

「這話有什麼根據？」

「總監先生，我是根據事實才這麼說的。」

總監道：「莫非你知道些什麼？你當時在場？」

皮立那道：「我並不在場，老實說，即使我到了巴黎，因為不常看報紙，我也不會知道他去世的事，是總監先生您剛才說起我才知道的。」

總監道：「先生，那麼你所知道的事並不比我多，你得相信醫生的診斷呀！」

「很抱歉，我覺得醫生的診斷不能使我信服。」

「可是，先生，您究竟有什麼權利這麼說話？您有證據嗎？」

「有。」

「是什麼？」

「您自己的話，總監先生。」

「我自己的話？」

「總監先生，就是那幾句話。您先說小摩而登醫術很高明，後來卻說他自己注射時不小心被感染，幾小時後就死了。你想，一個醫術高明的醫生，給自己打針，不可能不仔細作消炎殺菌處理的。我看過小摩而登工作，知道他是怎麼給人治療的。」

皮立那向律師道：「你當時被召到小摩而登病榻前時，瞧見什麼疑點沒有？」

律師道：「沒有。」

皮立那道：「這就奇怪了，注射手術無論怎樣不得法，效力總沒有這麼快的，你看見他有什麼痛苦的樣子沒有？」

李百多道：「我記起來了，死者的臉上出現褐斑，那是我第一次探望時所沒有的。」

皮立那道：「褐斑嗎？那證實我的疑心了，小摩是中毒死的。那藥水瓶裡，或者病人使用的針管裡，一定放了什麼東西進去。」

皮立那又對李百多道：「李百多，你有沒有請醫生注意那些褐斑？」

李百多道：「我說過，但他認為這沒什麼。」

皮立那又問：「這是他常用的醫藥顧問嗎？」

李百多道：「不，他常用的醫藥顧問叫浦喬醫生，是我的老友，我和小摩就是他介紹認識的，我在病榻前所見的，一定是個本地醫生。」

總監翻著死亡證明，道：「他的姓氏住址在這裡，他叫貝拉蓬醫生，住在亞司多路十四號。」

皮立那又道：「總監，你有醫家指南嗎？」

總監便取了一本書，急忙翻著，一會兒說道：「書上並沒有他的名字，那亞司多路十四號，也沒住著醫生。」

二　不速之客

總監道：「皮立那，據你看來，那謀殺事件和小摩的遺囑可有關係嗎？」

皮立那道：「這個我不敢斷定，假如有關係的話，我疑心遺囑的內容早已有人知道了。李百多，你想內容會走漏出去嗎？」

李百多道：「我想不會，每天晚上，都是我親手把重要的文件，一起鎖在一個鐵櫃裡，這鐵櫃的鑰匙，也是我自己保管的。」

皮立那道：「你那鐵櫃，不會有人私自打開嗎？你的事務所沒有被盜嗎？」

李百多道：「不曾。」

皮立那又道：「你在早晨見小摩的嗎？」

李百多道：「在星期五的早晨。」

皮立那道：「從早晨起，直到把那遺囑收入鐵櫃以前，你拿了放在哪兒？」

律師道：「我把它放在書桌抽屜裡。」

皮立那道：「那抽屜沒有別人開過嗎？」

李百多呆了一會，答不出話來。

皮立那又問了一句，李百多才答道：「哦，想起來了，星期五那天我吃了午飯回來，看見抽屜沒有鎖上，就把它鎖上了，當時沒起疑，也沒怎麼在意，今天才明白。」

總監說：「先生，我們很快就可以用更客觀的事實來檢驗您的假設。我派了一個部下去調查此事，現在他應該回來了。」

李百多道：「是調查小摩的繼承人嗎？」

總監道：「兩天以前，他打電話給我，說他已經搜集了種種的證據……啊，對了……我想起來了，他今天曾對我的秘書說，一個月前發生了一起暗殺案。……小摩死後到現在，不是剛好一個月了嗎？……」

說著便按鈴，他的秘書立刻奔了來，總監厲聲問：「范洛警長呢？」

秘書道：「還沒有來。」

總監道：「你快去找他來，一點不可耽擱。」又掉頭向皮立那道：「范洛在一小時前曾到過這裡，像是受了刺激，很不舒服，說有人在跟蹤他；又說要和我說一句重要的話，是關於小摩案件的，還說今夜會有兩件謀殺案要發生。」

皮立那道：「你說他身體不太對勁嗎？」

總監道：「正是，而且很奇怪的是，他的腦子也受了打擊。出於謹慎，他給我留下一份報告，但這報告竟是一張白紙。喏，這是信紙和信封，另外還有一個紙盒，裡面裝著一塊巧克力，上面有齒痕。」

「那兩件東西，可以給我看一看嗎？」

「當然可以，不過我看毫無用處。」

皮立那道：「不，或許從這裡可以找出個頭緒出來。」

總監便取出那封信和紙盒，皮立那把紙盒和信封看了一會兒，見信封上印著「新橋咖啡廳」幾個字，大家都等他說話，以為必有所見。

「信封上的字和紙盒上的分明不是同一人寫的，信封上的字比較模糊些，筆跡也有點生硬，這筆跡定是模仿的，這可證明，這信封並不是您那位部下寫的，總監先生。我推測，這位偵探在新橋咖啡館桌上寫報告，封好後，一不留心被人家掉了包，信封寫的是同一個地址，裡面卻是一張白紙。」

總監道：「這只不過是你的推測。」

「也許是的。但有幾條可以肯定，總監先生，就是您那位偵探的預感是有根據的，他已經被人嚴密地盯上了，因為他對小摩遺產的調查妨礙了犯罪活動，因此他有極大的危險。」

總監道：「親愛的先生，我敬佩你這些話，但是否正確，現在不能證明，最好等范洛警長回來，就可證明了。」

皮立那道：「范洛警長不會回來了。」

總監道：「怎麼……」

皮立那道：「因為他早已回來了，那接待員便可證明他已回來了。」

總監道：「這話可有證據嗎？」

皮立那道：「有，你看他在記事本上寫著幾個不清楚的字母，你的秘書不曾發現，我也是剛才瞧見的。你看，這不是他已回來的證據嗎？請你喚接待員進來。」

不一會，接待員進來了，皮立那不待總監開口，便先問道：「你確定范洛警長第二次走進這屋子嗎？」

接待員道：「是的。」

皮立那道：「你能肯定嗎？」

接待員道：「正是。」

總監質疑道：「請問先生，警長既在這裡，我們怎不知道呢？」

皮立那道：「他在這裡。」

總監道：「你說什麼？」

皮立那道：「一個人，進來了又沒有出去，這不是證明他仍在這間屋子裡嗎？」

總監道：「難道他躲起來了嗎？」

皮立那道：「不，或許是暈厥過去，或者病了，或者死了。」

總監道：「但他在哪裡呢？」

皮立那道：「就在那屏風背後。」

總監道：「屏風後面只有一扇門，那是洗手間。」

總監過去開了那扇門，喃喃的道：「哦！這是真的嗎？」

原來從窗外射進來暗淡的燈光裡，洗手間地上躺著一個人。

接待員上前一瞧，失聲叫道：「這不是范洛警長嗎？」說著，便和秘書扶起警長，放在總監辦公室裡的一張靠背椅上。

這時范洛還沒有死去，但氣息已是極微，幾乎聽不出心房的跳動，嘴邊流下口水，兩眼失去了神光，但臉上的肌肉還不住的翕動，好像有一種至死不泯的意志力似的。

皮立那道：「總監，你瞧見那褐斑了嗎？」

這時除皮立那外，在場的人都不免有些害怕。

總監吩咐去請醫生和牧師，皮立那忙伸手叫大家鎮靜些，說著，便俯在范洛的身上，柔聲地說：「范洛，我們想知道今夜會發生什麼事，你若聽見了，就把眼閉起來。」

警長的眼睛，果然閉了起來。

皮立那接著道：「我們知道你已找出羅素姊妹的後嗣，就是這後人中的兩個人面臨著被殺的危險，可我們不知道這幾個繼承人的姓名，他們肯定不姓羅素。您得告訴我們。請聽我說：您在記事本上寫著三個字母，好像是Fau不是嗎？這是不是一個人名的開首拼音，以下還有什麼字母呢？」

可是偵探蒼白的臉上，沒有絲毫表示。他的頭重重地垂到胸前，發出兩三聲粗重的喘息，緊接著全身一顫，就不動了。

總監喃喃自語道：「可憐的范洛，他是好人，一直都是盡忠職守……」

皮立那道：「他娶妻了嗎？可有子女？」

總監道：「他有一妻三女。」

皮立那道：「讓我來負擔她們的生活吧。」

不一會，醫生來了。總監吩咐把屍體移到另一間屋子裡去。

皮立那引那醫生到一旁，說道：「范洛警長確是中毒死的，你可見那手腕上有一小孔，周圍還有一圈燒痕嗎？」

醫生道：「那麼他是在這裡中毒的嗎？」

皮立那道：「正是，是用針或筆尖刺的，但刺得並不深，因為他在數小時後才死的。」

這時屍體已經移去，室內只剩下總監請來的五位客人。美國使館秘書和秘魯參贊覺得留下來起不了作用，便向皮立那說了幾句恭維話，告辭走了。

少校亞司多里和皮立那握了手，也離開了。

律師剛和皮立那講好交付遺產的日期，起身走時，總監急忙進來道：「皮立那，你還在這裡嗎？很好，我想起一件事，就是你方才說，在書桌上瞧見的三個字母，當真是Fau嗎？」

皮立那道：「我想是這樣的，你瞧，不是Fau三個字嗎？又瞧那F是大寫，就使我疑心，這些字母是一個名字的第一個拼音。」

總監道：「正是，說也奇怪，這些字母，恰是……且慢，我們先來證明一下。」

說著，總監忙從桌上的一疊來信裡搜撿，這些是秘書在他回來時給他的。

這時他取出一封信來，看了看信內的簽字，叫道：「找到了，就是這封！Fauville第一個音節不是Fau嗎？再看這個Fauville，就一個姓，再也沒有名字了，這信肯定是匆忙中寫的，日期和住址也都沒有，手抖得厲害。」說著，唸那信道：

「總監先生，我和我兒子有生命危險，死神正向我們大步走來。他們威脅我們的陰謀，在今天（或遲至明晨）我將得到證據，請允許我明早送給您，我需要保護，請予援助。祝你安好。方維耳啟 Fauville。」

皮立那道：「沒有別的話了嗎？」

總監道：「沒有，但范洛警長的話，和這信裡所說的顯然吻合。他所說今夜的被殺者，就是這方維耳父子了，麻煩的是姓方維耳的人太多了，很難及時找到。」

皮立那道：「不，我們做事，須用點腦力。」

總監道：「當然，我要我的手下都去找。可是現在還沒有一點頭緒哩！」

皮立那道：「真可怕，眼看那兩人就要被人謀殺，我們卻不能去救他！總監先生，我求您。請您親手處理這個案子。」

說到這裡，秘書拿著一張名片走進來，說：「先生，這個人一定要見您……」

總監接過名片一看，立即驚喜地叫出來。

「瞧，先生！」他對皮立那道。

只見名片上印著：

機械工程師

伊波利特・方維耳
Hippoly te Fauville
松溪路十四號

總監道：「巧極了，倘這方維耳就是羅素氏的後嗣，不更省事嗎？」

李百多道：「總監，請你記著，無論怎樣，須遵照遺囑內條文的規定，只能在四十八小時以後宣讀遺囑，所以這事，暫時可不必告訴他。」

說到這裡，室門開了，進來一人，把接待員推到一旁，說道：「范洛警長呢？有人告訴我他死了……」

總監道：「正是，他已經死了。」

那來客嚷道：「遲了，我太遲了。」說著，便倒在椅子裡哭著說：「那幫混蛋！無賴啊！」

他年約五十來歲，臉上好似有病的樣子，額上有著深深的皺紋，眼裡含著一眶老淚。

總監問道：「你說匪徒是誰，是那暗殺范洛警長的凶手嗎？你可知道他的名字，能引導我們調查嗎？」

方維耳搖頭道：「不，現在調查也沒用了，我的證據不足，我本希望范洛警長能倖免於難，他的證詞加上我的證據是很有價值的，他或許已經告訴你了？」

總監道：「不，他只說今晚……今夜……」

方維耳聽罷，吃了一驚道：「今晚？那麼時候到了，不，但他們沒有準備，今夜還不能奈何我。」

總監道：「但范洛警長卻說今夜會有兩件謀殺案發生。」

方維耳道：「那他就錯了，我知道最少須到明晚，我們得把他們一網打盡，啊！那幫壞蛋！」

這當兒，皮立那向他問道：「令堂是不是叫伊麗莎白・羅素？」

方維耳道：「是的，她已過世了。」

皮立那又問：「她可是出身聖意汀嗎？」

方維耳道：「是的，你問她做甚麼？」

皮立那道：「總監先生明天會告訴您的，還有……」說時拿出范洛留下的紙盒說道：「這塊巧克力對您有什麼意義嗎？這些齒痕……」

方維耳失聲道：「這多麼可怕啊，警長是從哪裡得來的？」

他有些支持不住，身子晃了幾下，但很快就站直了，跌跌撞撞地向門口走去。

「總監先生，我走了，明天早上我再來見你，我會把一切的證據都帶來……我知道自己是有病的人，但我要活著，還有我的兒子，我倆都要活著，哼！那幫壞蛋。」

說畢，像醉漢似的奔了出去。

總監也急忙道：「派人去調查他的底細，看守他！此刻我需要一個可以信任的人。」

皮立那道：「總監，求你把這件事交給我，因我對小摩而登的遺囑責任所在，請給我在您指揮下偵破這個案子的權力。同時，方維耳先生的對手極為狡猾猖狂，我今晚堅決要求守在他家，守在他身邊。」

總監有些猶豫，定了定神，喚秘書問道：「警局有人來嗎？」

秘書道：「來了一人，就是麥直路司隊長。」

總監道：「快請他進來。」又掉頭向皮立那道：「麥直路司是我們最優秀的警察，我每次需要精明能幹的人辦事時，不是叫他，就是叫那可憐的范洛。他對你會很有幫助的。」

正說時，麥直路司已進來了，短瘦的身材，兩撇下垂的小鬍子，那又直又長的頭髮，使他看上去一副苦相。

總監對他說道：「麥直路司，你大概知道，你的夥伴范洛死了，也知道他死得十分慘，我們除了替死者報仇外，同時也得設法阻止別的罪案發生，這位先生十分瞭解案情，你好好配合他行動，明天早上來向我報告今夜的情況。」

皮立那鞠躬道：「謝謝總監，我希望不負總監託付的一番美意。」說畢，二人便一同辭別總監退出去。

到了外邊，皮立那便把自己瞭解的情況都告訴了麥直路司，他倆便先到新橋咖啡店，探知范洛警長是這裡的常客。那天早上，他在店裡寫了一封很長的信，侍者還記得另有一人，差不多和范洛同時進店的，坐在他後面的一張桌子上，也和侍者要了信紙和黃色信封。

麥直路司說：「正如你所料，那信被掉包了。」

侍者又說出那人的形貌，說那人身材很高，微帶些傴僂；蓄著鬍子，戴著一副玳瑁邊的眼鏡，上面繫著一條黑色絲帶；拄著一根烏木手杖，銀質把手上面雕成一個天鵝頭的造型。

麥直路司聽了大喜道：「這些特徵，可是入手偵查的線索呢！」

兩人正要走出咖啡店，皮立那忽然停住道：「且慢。」

麥直路司忙問什麼事，皮立那回道：「有人跟著我們。」

麥直路司吃了一驚道：「有人跟著嗎？是誰？」

皮立那說：「不要緊，我知道怎麼對付。而且我喜歡給他來個措手不及，請稍等一會兒，給你看個好戲。」

果然，片刻之後，他帶著一個高高瘦瘦、蓄著滿臉絡腮鬍子的男人回來了。

皮立那向麥直路司介紹道：「這是我的朋友卡歇爾，現任秘魯使館參贊一職，他也參加方才總監那裡的會議，他奉他長官秘魯公使的命令，調查我的出身來歷，並搜集這事的證據。」又掉頭向參贊道：「親愛的卡歇爾先生，你不是正要找我嗎？我們離開警署的時候，我本期望……」

那參贊做了個手勢，向麥直路司一指，皮立那答道：「不妨，他為人很警覺，況且這事，他已知道了。」

參贊便不做聲，皮立那又按他坐下，說道：「親愛的卡歇爾先生，說吧，別繞彎子了，這種事該直截了當地說，就是說些粗鄙話我也不怕，可以少耽誤多少時間吶！說吧，您要錢用，是嗎？或是需要額外一筆開銷，多少？」

參贊還有些狐疑不決，瞥了一眼麥直路司，忽然下定決心地說：「五萬法郎。」

皮立那嚷道：「貪心的人呀，五萬法郎不是筆小數目呀！……親愛的卡歇爾，三年前我和你在阿爾及爾結識，那時你正在那裡遊歷，那時我就已知道你的為人，便問你能不能為我弄一個祖籍西班牙的秘魯人身分證，用皮立那這個名字，為期三年，並且證件齊備，無可挑剔，祖先也確有其人，且係名門望族，你說可以，並定下兩萬法郎的代價，我也付給你兩萬法郎了，這交易就此結束，現在你還要什麼呢？」

那參贊聽了這一番話，毫不驚慌，很鎮定的說：「三年前我和你打交道的時候，我以為您是為了個人原因，才穿上外籍軍團軍服，掩藏自己的真實身分，希望以後能夠體面地在社會上生活。今天可不一樣了，您是小摩而登遺產的承受人，明天您就可以憑這個假名，領取一百萬元，再過幾個月，說不定要拿一千萬法郎哩！」

皮立那道：「倘我不答應呢？」

參贊道：「那我便去報告律師和警務總監，說我調查失誤，這人並不是皮立那，那樣你非但得不到那筆遺產，也許還得坐牢呢！」

皮立那道：「聰明的先生，我坐牢也得和你一起去。」

參贊道：「我嗎？」

皮立那道：「當然，你已犯了詐欺和偽造文書的罪名，我難道就此甘休不成。」

參贊聽了，只不回答，他本人是個大鼻子，這使那鼻子引得更長了，夾在兩道八字鬍裡，形狀可笑得很。

皮立那笑道：「卡歇爾先生，別擺出這副怪樣了，我不會害您的，只是您不要費心把我弄進牢裡去。有些人也挾制過我，結果一個個碰得頭破血流，何況是你！好了，大家棄兵講和，對於你那好友皮立那，別再施展卑劣的手段了。」

說著，掏出一本里昂信貸銀行的支票簿，說：「親愛的朋友，這裡有兩萬法郎，算是小摩而登遺產承受人送你的一份禮。走吧！」

那參贊老老實實地服從了命令，沒有再討價還價，收下支票，綻出笑容，說了兩聲謝謝，就趕快走了，果然沒有回頭。

皮立那罵道：「卑劣的小獵狗……探長，這把戲可好？」

麥直路司呆呆的瞧了一會，說道：「你究竟是誰？先生。」

皮立那道：「他不曾告訴你嗎？我是一個秘魯貴人，或西班牙貴人，我也不知道是哪一個，總之，是魯意・皮立那。」

麥直路司道：「我方才聽見……」

皮立那又道：「我最近隸屬於駐外兵團，是得了功牌和金線制服的。」

麥直路司說：「夠了，你同我到總監那裡去。」

皮立那接著道：「我是曾在蘇里地方做過囚犯，又做了新近的俄國親王，最近又做刑事偵探科長，又……」

麥直路司探道：「你瘋了麼，你說些什麼？」

皮立那答道：「這是實話，你問我是誰，我逐一告訴你，再以前，我的名稱還要多啦，什麼侯爵，伯爵啦，公爵啦……」

麥直路司便伸出手，把皮立那的手腕抓住說：「別多講，我不管捕的是誰，有話你可到總監跟前去講。」

皮立那道：「亞歷山大，別高聲叫，傻子，你不認得我了嗎？」

麥直路司聽了這話，捉住皮立那的那雙手便自然的放鬆了，突出了眼珠，只是發呆，他瞧皮立那的笑貌聲音，亞歷山大這個名字，是從前有一個人給他取的，也只有他才這麼叫，難道他就是這人不成？便喃喃地道：

「你莫非是……不，你早已死了。」

皮立那道：「我死了，就不能再活了嗎？」

麥直路司愈發困惑，皮立那拍著他的肩道：「誰把你推薦到警局裡去的？」

麥直路司道：「偵探部長勒諾曼。」

皮立那又問：「勒諾曼是誰？」

麥直路司道：「就是我的主人亞森・羅蘋。」

皮立那道：「好，亞歷山大，你須知道，你的主人做偵探部長，比做一個死而復活的皮立那難要得多。」

麥直路司探默默的把皮立那看了一回，忽然漲紅了臉，憤憤地道：「好吧，就算您是老闆，可我要警告您，別指望我會幫您。我現在身為隊長，只知道秉公辦事，你不要在我面前弄神搗鬼。」

皮立那聳肩笑道：「你真蠢，亞歷山大！誰跟你說要重操舊業了？你以為我在這個案子裡充當了什麼角色？」

「我是說，老闆……」

「告訴你，小伙子，我可什麼也沒插手。兩個鐘頭前，這個案子我知道的不會比你多，是上帝突然送一筆遺產讓我來繼承，我不能違抗祂的旨意，才……」

麥直路司聞言道：「我是沒有問題，但你那些老伙伴不會敗露形跡嗎？」

皮立那道：「我已把他們送到國外去了，這是我的計畫，我把你獨留在警局裡，將來或許有用，現在證實了我的想法不錯。」

麥直路司仍不放心地道：「倘巡警們識破你，他們不會捉你嗎？」

皮立那道：「那是不可能的，他們不能逮捕我。」

麥直路司道：「為什麼？」

皮立那道：「你剛才也說了，我早已死了。」

麥直路司聽了，恍然大悟，笑道：「老主人，這很好玩，我得照以前一樣聽你的指揮，哈，你早死了，這何等的可笑啊。」

三　神秘雙屍

在松溪路砲臺附近，有一所很精緻的住宅，左邊有一座小花園，園裡有一間很大的房子，一條草地旁邊，有著一道長滿常春藤的欄杆，正中對著松溪路，開了一扇大門，這就是機械工程師的私宅。

麥直路司受了皮立那的指令，當夜去守望方維耳的住宅，見有形跡可疑的人要進去，便把他逮捕。

做完這事，麥皮兩人在附近用了晚飯，到方宅的時候，正當十點鐘。

皮立那道：「亞歷山大，你怕嗎？」

麥直路司說：「我怕什麼？」

皮立那說：「為著要保護方維耳父子，須得跟一班凶徒爭鬥，你我的性命十分危險。」

麥直路司說：「有你同在，還怕什麼呢？」說罷便用力按門鈴。

一個男僕來開了門，麥直路司把自己的名片遞給男僕去通報。不一會兒，方維耳迎接兩位客人到書房裡，但見室內有一張桌子，上面有一具電話，此外還雜亂地堆著些書本、小冊子和紙張。

還有兩只很高的書桌，上面擺著一些草圖，幾個玻璃櫃裡全是些象牙和鋼鐵的模型，和工程師發明或製造的機器模型。

靠牆擺著一張大沙發，室隅一架盤旋的扶梯，通著一條圓形的走廊，天花板上吊著水晶燈。

麥直路司向主人說明了來意，又替皮立那介紹，說總監很替他們父子擔憂，所以等不及明天與他會見，先派兩人前來，指導他採取防備措施。

方維耳有些不悅地說：「我早已防備了，恐怕你們在這裡反倒有害無益。」

麥直路司道：「為什麼呢？」

方維耳道：「會打草驚蛇，也會妨礙我收集證據。」

皮立那道：「范洛警長曾說過，今天晚上有兩件暗殺案。」

方維耳道：「今夜嗎？不，今夜不會，我確信……我掌握了一些情況，不是嗎？而你們並不知道。」

「是的，我們是不知道，」皮立那反駁道：「可是有些情況，范洛知道了，你卻不知道你仇人的秘密，他或許比你多知道些。證據，就是一個拄著烏木手杖的傢伙一直監視著他，他最終被謀殺了。」

方維耳聽了這話，才有些相信，說道：「今夜你們是不是要守在這裡？」

皮立那答道：「正是，家裡住了些什麼人？」

方維耳道：「除我父子之外，二樓還有我的妻子住著，我父子兩人受暗殺的恐嚇已有一個多星期，使我沒睡在自己的臥室裡。」

皮立那問道：「令郎也睡在這裡嗎？」

方維耳答道：「他睡在上面的閣樓裡，要到他那裡，必須經過室內樓梯才能上去。」

皮立那又問道：「他現在在那兒嗎？」

方維耳答道：「他已睡著了。」

「他多大了？」

方維耳答道：「十六歲。」

這當兒，忽有個僕人敲門進來，說是太太要出門，想見一見先生。說著，那位方夫人已跟了進來。

麥、皮兩人連忙站起來，瞧夫人年紀在三十五歲左右，面貌十分美麗，她穿著跳舞時穿的長裙，露出美麗的雙肩，外面罩一件鏤花的絲質外套。

方維耳道：「妳要出去嗎？」

夫人道：「你忘了嗎？奧佛拉家在歌劇院他們的包廂裡給我留了個位子，你還叫我看過戲後出席攸新琴夫人的茶會……」

方維耳道：「是的，我因工作很忙，忘記了。」

她扣好手套，又問：「你不來接我嗎？」

方維耳：「為什麼？」

夫人道：「這會讓他們高興的。」

方維耳道：「可是我不願意，況且我身子不太舒服。」

夫人道：「那麼我替你向他們道歉，……愛德蒙那孩子不在這裡嗎？我要和他接吻祝晚安！」

方維耳道：「他已睡著了，你會弄醒他的。現在車子已經預備好，祝你玩得開心！」

夫人道：「玩？好像人家去歌劇院和晚會是為了玩似的。」

「總比你留在屋裡要好。」

出現了一陣尷尬場面，看來這家庭不大和睦，丈夫身體不好，不願去交際場合玩樂，把自己關在家裡，而太太年輕好玩，在外面尋歡作樂消遣。

見丈夫不再跟她說話，妻子便俯下身子，吻了吻丈夫的額頭。接著，又向兩位來客打了招呼，就走出門去了。

過了一會，傳來汽車引擎聲，車聲漸漸遠去。

方維耳搖鈴喚人，說道：「我自身的危險，這裡沒有人知道，就是我那工作多年誠實的老僕薛丸也不知道。」

說時薛丸已經進來，方維耳對他說：「我要睡了，給我鋪床吧。」

薛丸打開長沙發，鋪好被褥，接著，他按主人吩咐，拿來一瓶酒、一隻酒杯、一碟餅乾和一盤水果。

方維耳吃了兩片餅乾，接著切開一顆紅皮蘋果。蘋果還沒熟，他又拿起另外兩個，摸了摸，覺得也是生的，又放回盤裡，另拿起一個梨子，削了皮吃起來。

「今夜這二位客人留在這裡，你不可對人講起，明天早上，我不搖鈴，你不可進來。」他對僕人說。

那老僕一一答應，便出去了。

皮立那處處留心，他數了數，果盤裡有三顆梨，四顆紅皮蘋果。

這時方維耳循著扶梯，來到兒子睡的房間。皮立那在後跟著。

只見這間臥室有一套專門的通風系統通風，因為木質百葉窗板釘死了，窗口密不透風。

方維耳道：「我常在這裡做電氣實驗，怕有人窺探，所以把上面的窗口釘死。」說著，二人下了樓。

方維耳一看手錶，已是十點一刻，便要和二位客人道別就寢。卻見方維耳忽然臉上脖子汗出如雨，身子因為驚恐一直發抖。

「您太緊張了。」皮立那道。

方維耳搖頭道：「你們有十個或二十個都不中用，他們已經殺了范洛警長，還要殺我們父子倆，上帝呵！憐憫憐憫我吧！」

他又猛地站起來，領著皮立那來到一個玻璃櫃前。那櫃子下面安著銅滾輪，輕輕一推就推開了，露出嵌在牆裡的一個小保險櫃。

「我的全部經歷都在這裡面，三年來，我每天都寫一段。倘若我遭遇不測，很容易查出凶手。」

他匆匆地撥動鎖上的數字，又從口袋裡掏出鑰匙，把保險櫃打開。保險櫃裡四分之三是空的，只有一層擱板上放著一堆紙張文件，裡面有一本日記本。

他慢慢鎮定下來，把玻璃櫃移回原處，整理好文件，擰亮床頭的壁燈，熄了房中央的吊燈，然後請皮立那和麥直路司出去。

皮立那在房間裡走了一圈，注意到入口對面有一個門，便問工程師。

「這是老客戶進出的門，有時我也走一走。」

「通到花園裡吧？」

「對。」

「關緊了嗎？」

「你們可以看看，鎖緊了，還上了閂，兩枚鑰匙連同花園門的，都在鑰匙串上。」

他把鑰匙串和錢夾放在桌上，把手錶上緊發條，也放在桌上。

皮立那拿上鑰匙就去開了鎖，開門走下臺階，來到花園，繞著狹小的花壇走了一圈。透過柵欄上覆蓋的常春藤，他聽到兩個警察在大馬路上來回走動。他檢查了柵門。再度鎖上門。

他回到屋裡，說：「一切正常，您可以放心，明天見。」

「明天見。」工程師把皮立那和麥直路司送到走道。

在工作室與走道之間隔著一道雙層門，走道另一邊掛著沉甸甸的布幔，把它與前廳隔開。

皮立那對麥直路司道：「你可去睡了，我守在這裡。」

麥直路司道：「我們輪流坐守，輪到我時，你叫醒我好了。」

不久，麥直路司睡著了，皮立那幾次到房門口探聽，並沒有聲音，料想主人是熟睡著吧，便自語道：「怕什麼呢，馬路上既有人守著，除了這路，又沒有人能進房間。」

兩點鐘的時候，門外停了一輛車子，便有男僕出去。皮立那開了走道裡的電燈，把布幔微微拉開觀看。

見方夫人進來，後面跟著薛丸，夫人上樓後，梯級上的電燈也熄滅了。

約莫隔了半點鐘，樓上有人聲和椅子移動聲，接著就沉寂下來。這時皮立那反倒不安起來，他想去瞧瞧主人到底睡著沒有，便拿了燈，推門進去，到臥榻前，見方維耳朝牆睡著，皮立那這才安心，回到走道，搖醒麥直路司道：「輪到你了。」

麥直路司問：「沒有什麼事嗎？」

皮立那答道：「沒有，他睡著了。」

麥直路司又問道：「你怎麼知道？」

皮立那答道：「我去看過了。」

麥直路司道：「我真睡死了，怎麼一點也沒有聽到。」說著，跟了皮立那到書房裡，皮立那道：「你別打擾他，讓我打個瞌睡。」

皮立那打瞌睡時，心裡仍很明白，他數著時鐘敲的次數，到後來，外邊人聲嘈雜，有送牛乳的，早班火車的汽笛聲。不一會，屋子裡便有人走動了，日光漸漸布滿一室。

麥直路司道：「我們走吧，免得在這裡吵醒他。」

皮立那口裡雖同意他，但心想，這樣的聲音竟不能把他驚醒，不禁膽寒起來，臉上也起了變化。

麥直路司道：「你的臉色怎麼如此蒼白！」

皮立那道：「沒有什麼，我有些害怕，我懷疑他已經死了。」

皮立那手拿著燈，鼓起勇氣走到臥榻前，這位工程師好像並沒有氣息，皮立那決然地去摸他的手，已然冰冷了。他急叫開窗，窗開了，日光灑滿一室，只見方維耳臉已浮腫，滿現著褐斑。

「啊！」他低聲說：「他死了。」

兩人不由得面面相覷。

皮立那忽然想到一件事，急忙沿著走廊，趕到樓頂室內，但見方維耳的兒子愛德蒙也僵臥榻上，面色如土，早已死了。

麥直路司連嚷怪事道：「我們熬夜守護他們，保護他倆的性命，卻還是白費力氣！」

在皮立那的冒險生涯中，從未受過這樣大的挫敗，忿忿道：「我發誓，非把暗殺他們父子的凶手捉住，照法律懲處，替死者報仇，否則誓不罷休。」

麥直路司道：「我也發誓。」

皮立那道：「好了，現在得幹活了，你立刻打電話報告警察總署。我相信總監見你立刻報告，一定會嘉許的，因為他對這事極為關注。」

麥直路司道：「要是下人們進來呢？假使夫人……」

皮立那說：「我們不開門，誰也不會進來，等總監來了，再把他父子同死的消息告訴夫人，你快些去吧！」

麥直路司道：「等一等，老闆，我們忘了一件事，它肯定對我們大有幫助。」

皮立那問：「什麼事？」

麥直路司道：「保險櫃裡的日記本，方維耳在上面記下了衝他而來的陰謀。」

皮立那說：「不錯，他昨夜忘了撥亂數字，而且把鑰匙丟在桌上。」說著二人奔下樓來。

麥直路司說：「這個由我來。」說著，取了那串鑰匙，移開玻璃櫃，急迫地插進鑰匙。皮立那更是十分興奮，這神秘案件的真相，他們就要得知了！死者將向他們交出劊子手的秘密了！

「唉呀，你真慢！」唐路易埋怨道。

麥直路司雙手探入保險櫃，在那堆紙張文件裡翻。

「不見了。」工程師當他們的面放進保險櫃的本子不翼而飛了！

麥直路司搖頭道：「怪了，如此說來，那幫傢伙知道有這麼個本子？」

皮立那道：「不僅這事，另外還有許多事。我們覺得莫名其妙，他們卻都知道。現在你快去打電話。」

麥直路司去了不久便回來，說總監已得到消息，馬上就來。

皮立那仔細察看室內各物，眼光注意到水果盤，自語道：「四個蘋果只剩下三個，難道他吃了一個嗎？但他不是嫌蘋果太生嗎？」

說罷，又默坐了一會兒，仰頭道：「這件暗殺案是在午夜十二點半，我們還沒有來以前已經下手了的。那凶手移動桌上的東西，不慎碰下了方維耳放在桌上的手錶，連忙拾起歸原，但那錶卻已停了，就停在十二點半上。」

「這麼說來，大約凌晨兩點，我們進來的時候，睡在我們旁邊和樓上的人都已經死了。」

皮立那道：「正是。」

麥直路司又說：「但那歹徒從哪裡進來的呢？」

皮立那說：「由臨街的大門和通花園的一扇門。」

麥直路司說：「他們也有鑰匙嗎？還有那巡街警員呢？」

皮立那說：「那些巡街警員照例巡街，歹徒可能是趁他們轉身的功夫潛入花園的。」

麥直路司聽後呆了一會，心想那歹徒的膽量、智慧和手段實在驚人，不禁道：「這班歹徒真機警。」

皮立那點點頭。這時，電話鈴響了，皮立那讓麥直路司去聽電話，自己卻取了鑰匙，開了門，走到園子裡，希望找出蛛絲馬跡來。

和昨夜一樣，他透過常春藤枝葉看到兩個警察在兩盞路燈之間來回踱著。他們並沒有瞧見他，並且屋子裡出了事，他們似乎毫不知情似的。

皮立那自語道：「這是我的重大失誤，意識不到責任多麼重大的人，根本就不應該委以這樣的重任。」

他一邊說，一邊察看地上。見石子路上印著一些不甚清晰的足跡，但已證實他的假設，歹徒確實是從園子裡潛入室內的。

突然，路邊一株杜鵑的枝葉間，有一點紅東西映入他的眼簾。他彎下腰，拾起一看，是一個蘋果……那第四個蘋果，果盤裡少了的那一個。

「啊！」他渾身一顫，原來蘋果已有人咬過，果肉上留著一個半圓形的咬痕，那下排牙齒痕，隱隱地成了個曲線，皮立那目不轉眼的瞧著，自語道：「虎牙，就是在范洛警長的半塊巧克力糖上的那副牙齒呀！」

多麼出人意外的巧合！難道能假設這是偶然的嗎？難道不應該認定，這隻蘋果和那塊巧克力都被同一個人咬過？

他猶豫片刻。這個證據，他要不要留下，以便開展個人的調查？或者把它扔下，讓司法機關去搜查發現？他拿著這個蘋果，覺得那樣厭惡，那樣不舒服，就把它扔下，讓它滾回杜鵑的枝葉下面。

他心裡反覆唸著：「虎牙！——猛獸的牙！」

他把園門鎖好，回到屋子裡，對麥直路司說：「你給總監打過電話了嗎？」

麥直路司說：「打過了。」

皮立那又問：「他會來嗎？」

麥直路司道：「會。」

皮立那又說：「亞歷山大，你怎麼啦？你好像不情願答話似的。好吧！後來哩？

你怎麼這麼奇怪地望著我？我身上有什麼東西嗎？」

麥直路司說：「沒有什麼。」

皮立那說：「好吧，你大概被這案子攪糊塗了，現在我得離開了。如果總監要找我，可打電話到巴奔廣場我的寓所中，驗屍的時候我無須到場，老友，再會。」

說著，便轉身向通道的門要走，麥直路司忙喊住他道：「且慢，你最好等總監來了再說。」

皮立那怒道：「為什麼，亞歷山大，你瘋了嗎？」

麥直路司展開兩臂，堅決地說：「你不能過去。」

皮立那大聲說：「亞歷山大，我再說十遍，你讓我過去吧！」

麥直路司說：「你說一百遍，也是不能過去。」

皮立那怒道：「該死的！」說著，抓住麥直路司的兩肩，用力一推，麥直路司便跌在沙發中，皮立那便開門要走，只聽得後面喊道：「不要走，否則我要開槍了。」

皮立那回頭一看，只見麥直路司已爬了起來，拿著手槍，似乎並不像是和他開玩笑。心想：麥直路司以前是我的伙伴及忠僕，現在怎麼會變得這樣呢？便走上去，按下他的兩隻臂膀，說：「你是奉總監的命令嗎？是他叫你阻止我離開嗎？」

麥直路司不安地答道：「是的。」

「方才我如果真的走，你真的會開槍嗎？」

皮立那想：這也難怪，換了我也會這樣想，例如：我5和小摩而登的關係啦；我到巴黎時，正是宣讀那篇遺囑的時候啦；我定要在這裡守夜啦；方維耳死後，我就可以得到那遺產啦；但老友，我是一個復活的人，我現在已不是亞森・羅蘋，不是盜賊，是個體面的人，倘把我關進了監獄，那將有誰去找那暗殺小摩而登、范洛警長和方維耳父子的凶手呢？」

麥直路司正要答話，皮立那阻止他道：「你聽。」只聽得外面有一輛汽車停下，接著又是一輛，大概是總監和檢驗官等來了。皮立那扯著麥直路司道：「你千萬別說你在走廊裡打過瞌睡。」

這時麥直路司反拉住皮立那道：「我不希望你被捕入獄，我求你去查出凶手，你還有一天時間，亞森・羅蘋曾幹過比這更重大的事呢！」

這時屋子四周已被圍住，皮立那默然不語，麥直路司的臉上帶著憂愁，好像在懇求他。

皮立那思索了一會兒道：「亞歷山大，照這情形看來，你料事很是明確，要是我在幾個鐘頭之內查不出殺害方維耳父子的凶手，那麼今天四月一日的晚上，我皮立那說不定就要入獄了。」

四　兩個嫌疑犯

約莫在上午九點鐘左右，警務總監走進發生慘劇的書房裡，見了皮立那，頭都不點一下。其他的官員們，也只當他是麥直路司的一個助手罷了。

總監把兩個死者約略看過，又由麥直路司稟明案情，便回到前廳裡。

方夫人得知他來了，趕忙出來接待。

皮立那悄悄地走下樓梯，門口守著兩個人，見了他說：「你不能通過，這裡有命令。」

皮立那道：「命令嗎？誰的命令？」

一人道：「總監。」

皮立那苦著臉道：「真倒霉，昨夜餓著肚子，一夜沒睡，今天還叫我餓肚子麼。」

那兩人做了個眼色，其中一人和老僕薛丸講了幾句話，只見薛丸穿過餐廳，走到廚房，拿了一個可頌麵包，遞給皮立那。

皮立那道了謝，心想：「好，這下我被禁閉了。」拿著麵包，坐在椅子上等候。從書房門裡望去，見檢驗官正在搜查。

檢驗官對那兩具屍體先做初步勘驗，立即發現中毒的跡象，和頭天晚上在范洛警長身上發現的一模一樣。

接著警員把兩具屍體移到三樓兩間相連的房間，這是父子倆的臥室。

總監下樓對檢驗官說：「可憐的女人！她起初還不信，後來才明白，便暈倒在地上了，試想她丈夫和兒子雙亡，多麼可憐呀！」

之後門關上，皮立那便聽不見了。

接著有兩名偵探站在從花園通往大門的通道上下了些命令，皮立那自語道：「看這會兒光景，亞歷山大是不能倖免了。」

接著又是苦等了好久，皮立那只聽得從各方面傳來嘈雜的聲音，自己便在椅子上睡著了。

到了四點鐘，麥直路司把他喚醒，帶他走向書房，路上低聲道：「你找著那凶犯沒有？」

皮立那道：「這是易如反掌的事。」

麥直路司以為是真的，心中大慰道：「那就好，否則你可糟了。」

說著，皮立那走進書房，見裡面早有許多人，檢驗官啦，偵探長啦，警察分局的局長和兩個便衣偵探，三個穿制服的警察。

總監向皮立那道：「先生，你是摩而登的遺產繼承人，昨夜這裡出了命案，你又在這裡，請你把這案的詳情仔細報告給我聽。」

皮立那說：「你派我在這裡過夜，現在詢問我，換句話說，就是把我說的話對照麥直路司說的是否相符，是嗎？」

總監說：「是的。」

於是皮立那把前後經過說了一遍。

總監問道：「你昨夜兩點半走進房裡，坐在方維耳身邊，難道看不出他已死了嗎？」

皮立那道：「看不出，否則麥直路司和我便會叫起來了。」

總監又問：「花園門是關上的嗎？」

皮立那答：「鎖上的，七點鐘時，我才開那門。」

總監問道：「你用什麼方法開的？」

皮立那答：「放在桌上的鑰匙。」

總監又問：「凶手怎樣從外面進來的呢？」

皮立那道：「用另配的鑰匙。」

總監道：「何以見得，你有什麼證據沒有？」

皮立那道：「沒有。」

總監道：「沒有確實的證據，我們只能認為花園的門沒有從外面開過，凶手是在這屋裡。」

皮立那道：「但是除了我和麥直路司外，沒有第三人在這裡。」

總監又問：「你一夜沒有睡嗎？」

皮立那答：「沒有。」

總監又問：「麥直路司呢？」

皮立那答：「麥直路司睡到兩點鐘，到夫人回來時才醒。」

總監和檢驗官私語了一會，遂又問道：「昨天晚上，方維耳開那保險櫃給你們看時，你們瞧見些什麼？」

皮立那道：「裡面有一本日記本，後來卻不見了。」

總監問：「你沒有動過嗎？」

皮立那答：「保險櫃裡面的東西都不曾動過，相信麥直路司已對你說過了，當時他叫我站在一旁。」

總監望著檢驗官點點頭，又道：「假定保險櫃裡有一件物品，一件首飾——別針或戒指上落下來的一顆寶石，而且無可爭議地是從我們大家都認識的人的身上落下來的，而他這一夜又是在公館裡過的，這種巧合，您怎麼看呢？」

總監便從袋裡摸出一個小包，裡面包著一粒小的綠石，拿給皮立那看道：「這粒翡翠，是我們從保險櫃裡找到的，無疑是由某只戒指掉下的。」

皮立那聽了，見自己帶著那只鑲滿翡翠的戒指果然少了一粒，把總監手裡的一粒拿來配上，果然不錯。

總監質問道：「你怎麼說。」

皮立那道：「這戒指是我第一次救小摩而登性命時，他送給我的。」說畢，便在室中打轉，沉思著。

麥直路司做了個哀求的手勢，好像在說：「唉呀！您怎麼還不說出凶手呢？還等什麼？快呀，是時候了。」

皮立那道：「總監先生，只要您給我一切行動的自由，用不了多久我就可以查出凶手，決不會要很多功夫。再說，我覺得，查明真相值得花費一點耐心。。」

總監道：「我等著。」

皮立那道：「麥直路司，你去告訴薛丸，說總監叫他。」

總監向麥直路司點點頭，麥直路司便出去了。

皮立那對總監道：「總監，翡翠的出現，在你來說是一個對我不利的證據，在我卻也是一個重要的發現。我想那翡翠必是從我戒指上掉在地上的，只有四個人能看見拾起來放在保險櫃裡，以證實我的罪名。這四個人，第一個是麥直路司，第二個就是死者方維耳，第三個是老僕薛丸，我須問他幾句，但不用多少時間。」

果然盤問薛丸一會兒就結束了，他證明方夫人沒有回來的時候，沒有替誰開門，他在廚房裡和一個女傭和一個男下人玩牌，沒有離開過。

皮立那道：「好，還有一句話，你一定在報紙上見過范洛警長的照片和他被害的事。」

薛丸說：「是的。」

皮立那問：「你認識他嗎？」

薛丸說：「不認識。」

皮立那又問：「或者他昨天到過這裡？」

薛丸說：「我不知道，主人時常招待許多賓客。」

皮立那說：「你去告訴方夫人，說是總監要見她。」

總監驚異地說：「怎麼，方夫人和這案也有關係嗎？」

皮立那道：「方夫人也許是瞧見翡翠跌落掉的第四個人。」

總監說：「我們沒有絲毫的證據，怎麼可以說一個婦人會弄死她的丈夫和兒子呢？」

皮立那道：「你只須問她，除了她丈夫之外，還有誰是羅素姊妹的後嗣即可。」

總監問道：「你問這個做什麼？」

皮立那道：「因為倘另有後嗣，這偌大的遺產該歸他繼承，沒有我的份，方維耳父子的死於他們有益，對我並沒有好處。」

總監喃喃道：「那自然，只是……」話沒說完，方夫人來了。

夫人的眼皮雖哭紅了，但沒有減少她的美麗，她的眼光和舉止露出驚慌的樣子。

總監謙和地說：「請坐，夫人，恕我冒昧，您的婆婆已經過世了，對嗎？」

「是的，總監先生。」

「她是聖意汀人，娘家的姓叫羅素？」

「是的。」

「她叫伊麗莎白嗎？」

「是的。」

「您丈夫有兄弟姐妹嗎？」

「沒有。」

「這樣的話，伊麗莎白・羅素就沒有後人了，對嗎？」

「對。」

「好，不過伊麗莎白・羅素有兩姐妹，是嗎？」

「是的，一個移居國外，以後再沒有聽到過她的消息；最小的叫亞美・羅素，就是我的母親。」

總監驚道：「妳說什麼？」

夫人道：「我說亞美・羅素是我的母親，我嫁給我的表哥，就是伊麗莎白的兒子。」

這句話等於晴天霹靂，伊麗莎白的後嗣方維耳父子一死，小摩而登的後嗣，該歸亞美・羅素這一支，眼前的方夫人，就可算這一支的代表。

總監又問道：「妳可有兄弟姊妹？」

答道：「沒有，我是獨生女。」

這句話也可以說她就是小摩而登龐大遺產的繼承人，然而，世上哪有暗殺親生兒子和丈夫的道理？

現在總監對皮立那又漸漸的回復到恭敬的態度，望著皮立那。

皮立那把一張寫著字的名片傳給總監，總監接來看了，又問夫人道：「妳的兒子愛德蒙幾歲了？」

答道：「十七歲。」

監道：「看妳模樣，年紀很輕。」

夫人道：「他是我丈夫的前妻生的，他的母親早已死了。」

總監道：「這樣啊……」說時取出那粒翡翠，遞給夫人問道：「妳認得這粒翡翠嗎？」

夫人接過來，拈在手上，細細打量，毫不驚慌。

「不認得，我有一條翡翠項鍊，從未戴過，但顆粒更大，而且每一粒形狀都很規則。」

「這一粒，我們是在保險櫃裡找到的。」總監說：「是我們一個熟人戒指上的。」

「那麼，」她立即道：「應該找到那個人。」

總監指著皮立那道：「就是他。」

原來皮立那遠遠地站著，夫人沒有注意到，這會驟然瞧見，嚇了一跳，嚷道：「這位嗎？他昨天在這裡和我丈夫講話，還有一位……」說時指著麥直路司，說：

「你得盤問他們倆為什麼在這裡，倘其中一個人是翡翠的主人……」

總監忙說：「妳可把那項鍊拿給我看嗎？」

夫人道：「當然可以，它和我其他的首飾都放在我的梳妝台裡，我這就去拿來。」

總監道：「您不必親自跑一趟，夫人的女僕知道那條項鍊嗎？」

「知道。」

總監道：「我派麥直路司和妳的女僕去取來。」

不一會，麥直路司拿著一只首飾箱子來，裡面有各樣的飾物，總監找到那串項鍊，細細打量，見上面的翡翠果然不同，而且並沒有失落，後來揭開一個藍寶石的盒子，見裡面有兩把同樣的鑰匙，就是開那花園鎖門的。

總監指著兩把鑰匙，道：「這兩把鑰匙哪裡來的？」

夫人仍然十分鎮定。臉上不顯絲毫驚慌，鎮靜地說：「我不知道，這已經有好久了。」

總監說：「麥直路司，你把這鑰匙在花園門上試試看。」

麥直路司依言，果然把門開了。

方夫人道：「哦，我現在想起來了，這兩把鑰匙是我的丈夫交給我的。」

夫人很自然地說著，但眾人都是滿腹狐疑。

總監又問：「夫人，他們父子遭殺害的時候，妳可在外面？」

夫人答道：「是的。」

總監又問：「妳在歌劇院嗎？」

「是的，我還赴一個朋友攸新琴夫人家的茶會。」

「司機送您去的嗎？」

答道：「是的，不過到歌劇院後，我便吩咐司機回去，再到攸新琴家來接我。」

總監道：「從歌劇院到攸新琴家，您是怎麼去的呢？」

這時方夫人才明白自己已成為被懷疑的目標，不免露出不安的神色，答道：「我叫了一輛車去的。」

「那是什麼時候？」

「十一點半，沒散場我就出來了。」

又問道：「妳是忙著趕到朋友家嗎？」

答道：「是的……或者，不如說……」說到這裡，她突然停住了，兩頰漲紅，嘴唇發抖地道：「你問這些做什麼？」

總監道：「夫人，這些事有助於我們弄清案情，所以請妳告訴我，您是什麼時候到朋友家的？」

夫人答：「我沒有留心到達時間。」

總監道：「妳是直接到那裡的嗎？」

夫人道：「我有點頭暈，就叫司機開上香榭麗舍大街……樹林大道……然後，又回到香榭麗舍……」

這時夫人的神情愈加慌亂了，低著頭。

總監回頭看看皮立那，皮立那給他一個紙條，上面寫著攸新琴家的電話號碼，總監便走到電話旁，握著聽筒，報了號碼，不一會接通了，便道：

「攸新琴夫人在家嗎？那麼攸新琴先生呢，也不在嗎？我是警務總監但斯曼林，我問你，昨天方夫人幾時到你們府上的？什麼，兩點鐘，你不會記錯嗎？剛好兩點嗎？她來了十分鐘就走了？好，但她來的時間，你沒有弄錯吧？這很要緊，後半夜兩點鐘，好，謝謝你。」

總監打完電話，轉身見方夫人怒眼瞧著他，道：「請你說個明白，這是什麼意思？」

總監反問道：「昨夜妳從十一點半到兩點鐘在做什麼？」

夫人見問，吃了一驚，跺腳道：「可怕啊，你們怎麼會相信呢？……」

總監道：「我沒有相信什麼，只希望妳解釋一下。」

夫人只說了幾個模糊的字句，便倒在椅子，哭做一團，還發出失望的嘆聲。

這情形已等於招供，總監走到一旁和律師、檢驗官低聲交談，剩下皮立那和麥直路司兩人，麥直路司道：「我早知道你能探出這個凶犯的，你的偵探手段多麼厲害呀！」

麥直路司本來很佩服皮立那，這會更樂得不可開交，又道：「他們會把她關起來嗎？」

皮立那說：「不，沒有足夠的證據，怎麼出拘票？」

麥直路司道：「還要證據嗎？我希望你不要放過她！不然，她會反咬一口，攻擊您的！」

皮立那只是不答。

不一會，總監過來說：「你在想什麼呀？」

皮立那道：「先生，你沒聽見她丈夫昨天在寫字間嚷著『那些凶徒』嗎？所以這案中至少還有一個共犯，或者就是新橋咖啡店裡那個拿烏木手杖的人。」

總監道：「但要拘禁她，須得到一點證據，你沒有一點線索嗎？」

皮立那答道：「沒有，我的搜查還只是初步呢！」

不一會，麥直路司拿著一個蘋果回來，說是在常春藤底下拾得的。

總監便又到夫人面前問道：「妳昨夜做些什麼，不能告訴我們嗎？」

夫人道：「我雇了一輛車兜風，又散了一會兒步……」

總監道：「我們要證明這件事，只須找到那輛車就行了，現在卻有一個機會，妳可以替自己洗刷嫌疑，也可以解除我們的疑團。」

夫人說：「我該怎麼做？」

總監道：「這顆蘋果好像是罪犯咬了一口後，丟在後園裡的，妳如要避免嫌疑，請妳也咬一口。」說罷，總監便把盛著三個蘋果的盤子拿給夫人，夫人取了一個，正想咬時，卻又停了下來。

總監道：「夫人，妳怕什麼？」

夫人道：「我覺得很害怕，如果我不咬呢？」

總監道：「隨妳便，只是我相信，這對您只有好處。」

夫人這才決然地張開櫻口，把蘋果咬了一口，說：「好了。」

這時總監便把兩隻蘋果放在一起比較。

大家圍過來關切地看著，異口同聲地發出驚呼：「這兩個齒痕分明是一樣的呀！」

「不，不……」她瘋狂叫道：「不！這不是真的！這是一場惡夢，您不會逮捕我吧？啊！我幹了什麼？我向您發誓，您弄錯了……親愛的愛德蒙，我愛他，他也愛我，我怎會殺他們呢？」

夫人這時已經怒極，倔強地站著，伸出一雙手指著檢驗官道：「你們這樣沒來由的控告我，逮捕我，無理的威逼一個婦人，你們都是些屠夫。」又指著皮立那道：「你更是個惡魔，我知道你是敵人，昨晚你在這裡，我卻不在，一切事情我都不知道，但他們怎麼不捉你呢，為什麼不提你呢？……」

說到這裡，夫人已是有氣無力的倒在椅子上，泣不成聲。皮立那走過來，說：「兩隻蘋果上的牙印是一樣的，毫無疑問，都是您留下的。」

夫人道：「不是。」

皮立那道：「這是不容否認的事實，第一隻蘋果上的牙印，可能是您在昨夜之前留下的，也就是說，您可能是昨天咬的這隻蘋果……」

她結結巴巴道：「您相信嗎？我想起來了，昨天早上……」

但總監打斷她的話：「太太，不必說了，我剛問了薛丸，他說是他昨天晚上在八點鐘時買的。主人臨睡的時候，盤裡共有四個蘋果，到今天早上八點鐘時，卻只剩了三個，所以花園裡找到的這個就是第四個，而這第四個昨夜被人咬過了，留下的是您的牙印。」

夫人辯白道：「這不是我的牙印，與其入獄我寧願自殺……」

夫人說到這裡，兩眼直視，竭力從椅子裡站起來，但站不住，便暈倒在地上，眾人忙上去施救。趁這紛亂的當兒，麥直路司對皮立那道：「主人，快走。」

皮立那道：「我恢復自由了嗎？解禁了嗎？」

麥直路司道：「老闆，現在和總監講話的人，是在十分鐘前進來的，你可認得他嗎？」

皮立那依言瞧去，只見一個面色紅潤的大胖子正瞧向自己，訝異道：「這不是副局長韋伯嗎？」

麥直路司道：「你認出他了，他一見你就認出你就是亞森・羅蘋，你想想從前作弄他的種種，他不要報復嗎？」

皮立那說：「他已告訴總監了嗎？」

「當然，總監已發出命令，倘你一露出要逃的形跡，他們便要逮捕你，我勸你還是快些走吧！」

皮立那說：「那暗殺小摩而登和方維耳父子的凶手，誰去捉呢？」

麥直路司說：「那自有警方辦理。」

皮立那大吐怨言說：「亞歷山大，我好不容易能夠堂堂正正地賺幾個錢，卻拿不到手，你說這氣不氣人。」

麥直路司說：「倘你被捉了呢？」

皮立那說：「不可能，因為我已經死了。」

麥直路司說：「亞森・羅蘋雖死，但皮立那仍活著。你以為韋伯會對你客氣嗎？此刻他已發出命令，要包圍你的住宅，日夜看守呢！」

皮立那說：「那很好，我一人在晚上本覺得害怕，他們能守護我，不是更好嗎？況且這案情複雜離奇，單憑你們也找不出頭緒來。早晚你們須來找我，因為除了我，你們偵探署裡的人都不能和這些兇犯奮鬥，亞歷山大，我等著你。」

第二天，那兩個蘋果上和半塊巧克力糖上的牙印，經司法鑒定證實是同一個人的；另外，有一個出租車司機證明，昨晚一位太太走出歌劇院時叫他的車，叫他一直開到亨利馬丁大道盡頭，在那兒下了車。

這條街的盡頭，和方維耳的住宅只有五分鐘步行的距離。這時司機又指認了方夫人，這樣，方夫人便由警方押解到警察總署，在勝拉撒監獄裡過夜。

同日巴黎各報館的報紙上，都登載了關於這件暗殺案的報導，還有兩家報館，竟依皮立那所說的，用「虎牙」兩字做新聞的標題哩！

五　女秘書

兩星期後的一天早上，在巴黎郊區日耳曼路口，巴奔廣場上一間十八世紀的房子前，有一個人在散步。

他就是皮立那，這房子就是他的住宅，是從一個匈牙利伯爵手裡買來的，包括家具、八名僕人，和一個女秘書里文色小姐。

他讓里文色小姐負責管理僕人，接待或打發訪客、記者，以及因為公館的豪華或為新主人的名氣吸引而來的討厭鬼或推銷商。

這時皮立那檢查過車庫和馬廄，穿過前院，到他的書房裡，推開窗戶，仰首一望，上面斜掛著一面大鏡子，能照見院子和院牆外巴奔廣場的一邊，自語道：「到現在已經有兩個星期了，那些混帳的偵探卻還盯著我不放，真是討厭。」

說著，恨恨地坐下，翻閱著來信。看見無關緊要的信，閱後便把它毀去。還有那請求見面的信，都一一加上批註，閱畢，按鈴喚僕人去叫里文色小姐拿報紙來。

原來皮立那囑咐過里文色，要她將報紙上有關方維耳父子暗殺案的新聞，每日做個簡明的報告。

這位女秘書氣質優雅，身材姣好，總是穿一身黑色連衣裙，沉穩莊重。

女秘書拿著一疊報紙，姍姍地走進書房，皮立那接過報紙，看了幾行大字標題問道：「沒有什麼緊要新聞嗎？」

女秘書答道：「法蘭西回聲報上有一段評論，標題叫『為什麼不逮捕他？』。」

皮立那道：「那就是暗指我了。」說畢，吩咐女郎退去，就打電話給亞司多里少校，問道：「你是少校嗎？我是皮立那。」

那邊道：「是的，什麼事？」

皮立那道：「你看過法蘭西回聲報上的評論嗎？」

答說：「看過了。」

「你能為我勞駕去找那主筆，要求一個滿意的答覆嗎？」

少校道：「哦，這是要決鬥了。」

皮立那道：「這事已不能免了，這主筆仗著文才，攪亂我的神經，須得給他個警告，可以殺一儆百。」

少校道：「你若決意辦的話，我可以替你跑一趟。」

少校不敢怠慢，立刻去交涉，《法蘭西回聲報》的社長表示，雖說那篇文章沒有署名，送來的又是打字稿，而且發表時也沒有經過他，他還是願意承擔全部責任，於是約定當天下午三點舉行決鬥。

到了三點，皮立那和亞司多里少校，還有一位官員，一個醫生，一起坐著他的汽車，出了巴奔廣場。後面緊跟著一輛出租汽車，裡面坐滿監視他的警察。

到了一處叫做親王公園的地方，社長還沒到，便一起下車等著。

在等對手到來之時，亞司多里把皮立那拉到一旁道：「親愛的皮立那，你的真姓名，我也不細問，我只知道你是駐外兵團的一分子，我知道你必將替小摩而登復仇，保護他的繼承人。只是，有一件事讓我很擔心。」

皮立那道：「你儘管說吧，少校。」

少校道：「您要向我保證，不能殺了他。」

皮立那道：「叫他臥病兩個月，好嗎？」

少校道：「太久，兩星期就可以了。」

不久，社長到了，雙方站好位置。開第二槍時，《法蘭西回聲報》的社長胸部中了一彈，倒在地上。

少校埋怨道：「你太壞了，你不是答應我……」

皮立那道：「少校，我沒有騙你。」

這時醫生忙過來看視傷人，說：「不要緊，至多不過休養三星期，倘傷口再深入一些，那就沒命了。」

事畢，皮立那回到巴奔廣場的私宅中，仍然被警察的汽車跟著。

這時發生了一件事，使他很困惑，對回聲報上的那篇文章發現了一個線索。

原來皮立那在住宅的院子裡，看見有兩隻小狗正在玩絨線球。這狗是車伕養的，平時都關在馬廄裡，很少出來。此時，牠們叼著球滿院子跑，把絨線掛在臺階上和花壇邊，到處都是。

最後，絨線扯完了，露出裡面的紙捲。

皮立那見紙上有字跡，便拾起來看，不覺吃了一驚。他認出那幾行字，就是法蘭西回聲報上那篇評論的草稿，文章是用蘸水筆寫的，用的是格子稿紙，有劃掉詞句的槓槓，有添加的詞句，有刪掉的段落，有重寫的部分。

皮立那喚來馬車夫問道：「這線球是哪裡來的？」

馬車夫道：「想是從那放馬轡轡房裡來的……」

皮立那急問道：「幾時把線繞上那紙的呢？」

「昨天晚上。」

「這張紙是哪裡來的呢？」

「我可不知道，大概是從馬車房後面垃圾堆裡撿來的。」

皮立那又吩咐女秘書去查問傭人，也查不出個究竟，但是從撿到的草稿看來，可知那篇評論的作者，必是住在這所住宅裡的人，或是與住在這裡的某人有來往的人寫的。敵人竟在自己身邊安插了內應，可是，敵人到底是誰呢？他有什麼用意呢？僅僅是要緝拿皮立那？

整個黃昏，皮立那都心事重重，被自己身邊的這個謎，尤其是被逮捕的威脅搞得煩亂不安。

到了晚上十點鐘左右，下人通報說有個叫亞歷山大的人要見他。他讓這人進來，發現他是麥直路司，不過他已經喬裝改扮，穿著一件舊大衣，幾乎認不出來了。

皮立那見了他道：「你總算來了！我跟你說過，你們那幫警察是破不了這個案子的。現在你找我來了吧？你這會兒來，可是為那范洛警長遇害時，出現在新橋咖啡店裡的那個拿烏木手杖的人？」

麥直路司說：「是的。」

「你已找出那人的蹤跡嗎？」

「是的，當時還有一個顧客已被我查出，和他同時出店，聽他向路人問到紐來地方去的路徑。我還查出他的名字，叫做牢梯，住在羅爾街，但他已在六個月前，只帶了兩只衣箱，離開那裡了。」

皮立那問：「你去郵局打聽了嗎？」

麥直路司說：「我已到郵局裡去查過，說了他的特徵，一個郵局職員確認是他。他每隔八天到十天來取一次信，但也不過一兩封而已，又說那人已好久沒來了。」

皮立那問道：「信件上寫誰的名字呢？」

「是幾個字母和一個數字，好像是ＢＲＷ８。」

皮立那說：「好了，你走吧，半點鐘內，在那人的地方，我和你相見。」

「誰？」

「就是那烏木手杖人。」

「你知道他的住址？」

「那縮寫字母不明明指著是里卻華倫路八號嗎？你走吧！」說著，帶笑地推麥直路司出去。

不久，他自己也出門了，把那些監視他的警察拖在後面跟著走，鑽進一幢有兩個出口的樓房，讓他們傻乎乎地等在外邊，自己從另一個出口溜走，叫了部汽車直奔紐來。

一到馬德里路口，他便下車步行到里卻華倫路，這路就在巴冷森林的對面，在一所小小的三層樓屋前，麥直路司早已等著。

「我知道這是一個小小魔窟，呀，別出聲……」說時，拖著麥直路司到一個暗角裡，聽得有開門的聲音，接著前庭裡有了腳步聲，外門上的鎖響了一響後，便露出一個人，路燈的光恰恰照在這人的臉上。

麥直路司說：「就是他。」

皮立那說：「不錯。」

麥直路司又道：「你瞧那根黑手杖，還加著一個亮晶晶的杖柄，還有那副眼鏡和一嘴鬍子。」

皮立那說：「我們且暗暗地跟蹤他。」

這時那人已穿過里卻華倫路，轉入梅勒路，點了一支香菸，舞著手杖，急匆匆的趕往附近的一個火車站，進站買票上車，兩人緊跟著，不久火車開到了奧透，那人便下了車。

麥直路司道：「奇怪，半個月前，他也是去那兒，有人就是在那兒見到他的。」

這時那人沿著舊城牆砲臺走去，到了方維耳父子遇害的那所屋子前，爬上對面的砲臺，朝那屋子站了一會，又走到黑魆魆的樹林裡去了。

皮立那急跟上去說道：「這會兒我得捉住他。」

麥直路司說：「沒有拘票，平白無故的，怎麼能去捉他？」

皮立那笑道：「拘票嗎？我做給你看，看看是不是需要拘票？」

麥直路司一把抓住皮立那道：「不行，你不可驚動那個人。」

皮立那急道：「你也太老實了，要是錯失良機，又要上哪兒去找他呢？」說時，皮立那真的動怒了。

麥直路司說：「容易，他現在正回家去，我去報告警署，打電話到那邊警區，明天早晨……」

皮立那接著道：「如果他溜走了呢？」

麥直路司堅決地說：「但現在我沒有拘票呀！」

皮立那知道麥直路司十分倔強，多說也是無用，便說了句：「再見，你辦好了打電話給我吧！」便氣憤地回去了。

第二天醒來，麥直路司打電話來，他急忙披衣起來，趕到樓下書房裡，對著聽筒問道：「是你嗎，亞歷山大？」

「是的，我現在在里卻華倫路附近的一家酒店裡。」

「那人怎樣了？」

「還在，我們來得湊巧。」

「真的嗎？」

「他今天要走了，行李也已經打包好。」

「你怎麼知道。」

「他那管家婦告訴我們的，她將要開門放我們進去。」

「他一個人住？」

「對。女傭白天給他做飯，晚上回自己家。他自搬到這裡以來，沒有任何人來訪，只有一個蒙面紗的女人來過三次。那女傭認不出她的模樣。據女傭說，那男的是個學者，整天不是看書就是寫東西。」

「你有拘票了？」

「對，我們要動手了。」

「我就趕來。」

「不行！是副局長韋伯指揮行動。喂！您大概不知道方夫人昨天晚上要自尋短見呢！」

「自殺嗎？」皮立那聽了，長嘆了一聲，忽然身旁也起了一個嘆聲，不覺回頭一看，只見女秘書站在書房裡，鐵青的臉色，和皮立那的目光碰個正著，皮立那正要問話，她已走了開去。

「她為什麼要聽我打電話？」皮立那尋思，「為什麼神色這樣恐慌？」

正想時，那邊麥直路司又道：「她早就說過，她會自殺的，可她還少了點勇氣。」

皮立那問道：「她用什麼方法呢？」

「我下回再告訴你，現在他們叫我了，無論怎樣，你千萬不要來。」

皮立那說：「我一定要來，因為這事的線索是我找出來的，這時候我總得來幫點忙，不過你不要擔心，我不會出頭露面的。」

麥直路司說：「那麼快來，十分鐘內，我們就要動手了。」

他立即掛上聽筒，轉過身，準備走出小房間。

就在他要跨過門檻時，頭頂上什麼東西晃動起來。

他剛來得及往後一跳，一塊鐵板猛地從天而降，在他面前劈下，再晚一秒鐘，這巨大的鐵板就會把他劈死了。

他嚇得魂飛魄散，過了好一會兒才鎮定下來。

六　烏木手杖人

里卻華倫路八號的大門口，站著一群人，裡面有副局長韋伯，總警長哀西尼，副探長麥直路司，三名警長和紐來警署裡的一批警察。

這時麥直路司注意著馬德里路，因為皮立那一定是從這條路來的。從他們打電話到現在，已有半小時了，麥直路司看見皮立那到此刻還沒有來，恐怕誤了公事。

「該動手了。」副局長韋伯說：「女傭在窗戶向我們示意，那傢伙正在穿衣。」

「為什麼不趁他出來時再捉呢？」麥直路司說。

韋伯道：「不，對付這種人，得謹慎些，否則他從別條我們不知道的路出去呢？所以我們還是到裡面去捉他，比較妥當。」

麥直路司還要說話，韋伯引他到一旁說：「你沒見到我們的人早已忍不住了嗎？那傢伙讓他們坐立不安。只有一個辦法，把他們放出去，像是去捉一隻猛獸。再有，等會兒總監要來，我們先得把他抓住。」

麥直路司道：「他也來嗎？」

宛柏答道：「是的，他對這事十分關心，他要親自來看看，現在你們準備好，我要去按鈴了。」

於是門鈴鏘鏘地響了，那婦人趕來開了門，外面警探一擁而進，直闖進屋子，那人恰在樓下，韋伯喝道：「站住，舉起你的雙手。你可是赫百牢梯嗎？」

說時有五支手槍一齊指著那人，但他卻毫不驚慌，鎮定地道：「先生，你們來幹什麼？」

韋伯答道：「我有一張拘票，要來逮捕你。」

那人道：「捕我的拘票嗎？」

韋伯道：「這拘票上寫明逮捕里卻華倫路八號內的赫百牢梯。」

這時眾人一擁上前，擒住他的雙臂，將他帶進一間大房子，裡面有三張籐椅，一張扶手椅，一張堆滿厚書的桌子。

韋伯道：「你給我好好坐著，只要動一動，就讓你好受。」

那人倒也並不反抗，只是沉沉地默想，像是要明白被捕的緣故。他長著一張精明的臉，眼鏡後面兩隻灰藍色的眼睛不時射出凶光。他肩膀寬寬的，脖子粗壯，表明他很有力氣。

「給他戴上鐐銬吧？」麥直路司向韋伯道。

韋伯答：「且慢，我已聽得總監的聲音，他快來了，他口袋裡沒有武器嗎？沒有什麼小瓶子和其他可疑的東西嗎？你們搜過身沒有？」

麥直路司答：「搜過了，都沒有。」

說時總監但斯曼林已到，一邊聽韋伯講述逮捕情形，一面不住察看囚犯的臉色，說道：「幹得好，現在這案件已有兩個共犯被捕，等他倆招供，真相便可大白。他沒有拒捕嗎？」

韋伯答：「沒有。」

總監道：「雖然這樣，但仍得戒備著。」

囚犯已知來的是警務總監，於是抬頭望了一眼。

總監對他說道：「拘捕你的緣故，想也不必告訴你。」

囚犯道：「對不起，總監先生，正好相反，我想請您告訴我。我根本不知道是怎麼一回事，肯定是你們警察搞錯了，這是一場誤會。」

總監聳聳肩道：「你涉嫌殺害工程師方維耳父子。」

囚犯聽了，身子發抖，發出啞啞的聲音道：「你說什麼？海泡死了嗎？被人暗殺的嗎？愛德蒙也死了嗎？」

總監道：「你喚他的小名海泡，可知你和他很熟，就算你和這案子無關，這半個月來的報紙天天有報導，你從報上也該知道了。」

囚犯道：「我向來不看報紙的。」

總監道：「什麼，你是說……」

囚犯道：「我知道人家不會相信這話，但確確實實，我過著忙碌的日子，整日在科學上研究，從來不留心外面的事，幾個月沒有看報，所以我說不知道方維耳被害的事，確是實話。」

總監道：「你認識方維耳嗎？」

「以前認識，後來為了一些家務事鬧意見，便沒往來了。」

總監道：「家務事，你們有親戚關係嗎？」

「是的，海泡和我是表兄弟。」

「表兄弟嗎？現在我們來談一談：海泡方維耳和他的夫人，是羅素氏兩姊妹伊麗莎白和亞美的子女，從小和一個名喚做維多的表兄弟一同長大？」

囚犯道：「是的，維多桑佛來是羅素的外孫，他在國外成了家，生了兩個兒子，一個在十五年前死去了，還有一個便是我。」

總監聽了，十分駭異，這人講的若是真話，的確是維多的兒子，那麼，他們現在逮捕的，就是摩而登的最後一個繼承人了，因為方維耳父子已死，而方夫人將被以殺人罪定罪。

囚犯繼續說道：「我方才的話使先生很駭異，這也許可以證明我被捕是弄錯了。」

總監道：「那麼你的真名叫什麼？」

「我叫甘司冬・桑佛來。」

總監道：「那麼你為什麼又叫做赫百牢梯呢？」

囚犯答道：「這不干警方的事，除了我自己之外，與外人有什麼相干？」

總監道：「這話可不是這樣說，我且問你，你為什麼不住在羅爾街，偷偷摸摸的住在這裡，而且移居時，為何不留下住址？又為什麼自己到郵局去收信，信上又用縮寫字呢？這種種行為，你的動機為何？」

那人道：「這些都是私事，你無權過問。」

「你的同謀也是這樣回答我們的。」

「我的同謀？」

總監道：「就是方維耳夫人。」

他面帶怒容的叫道：「什麼，你說什麼，唉，曼麗……不會吧……曼麗，她可和我一樣地被他們誤抓了嗎？她已在獄中嗎？……」說時，雙手作拳，向空中揮著。

總警長哀西尼和麥直路司強力壓住他，他倒在椅子裡，手掩著臉自語道：「我不明白，究竟是怎麼一回事？」

韋伯在十分鐘前出去，這會兒回來，總監問他道：「都齊備了嗎？」

韋伯答道：「齊備了，除了您的車外，還有一輛車在門口等候。」

總監道：「很好，現在把囚犯押去，好好看守。」

韋伯便和麥直路司押著囚犯往外走，到了門口，那囚犯回頭道：「屋子裡，有一個地方藏著一批信件，價值重於我的生命，如果誤解了這些書信，也許會造成不利於我的證據，但那些書信必須收好，拜託您了，總監先生，我只拜託您一個人。」

總監問：「在哪裡呢？」

「很容易找到，只要到我的臥室上面的閣樓裡，在窗子右面的一個釘子上一按，就可看到了。」

總監喚道：「麥直路司，你到閣樓上去把那信取來。」

麥直路司應命而去，幾分鐘後空手回來，他沒能打開機關。

總監便命總警長哀西尼和麥直路司押著囚犯同去，命令囚犯指示怎樣開法，自己和韋伯守在室內，等候消息。他翻開桌上的書，見都是些科技類的書，還有幾本有機化學和與電氣有關的書，書頁的空白處都寫了批註。

總監正拿著一本在翻看時，忽聽得有叫喊聲，正想出去看看，還沒跨出門口，樓梯間就傳來一聲槍響，跟著有人號叫起來。接著又是兩聲槍響，緊跟著打鬥聲後，又是一聲槍響。

總監和韋伯連跳帶跌，奔上扶梯，一個人從上面跌下來，倒在他的懷中，一看正是麥直路司，已受槍傷，樓梯上還有一個人，就是哀西尼。那囚徒像野人似的站在上面一個小門的門口，又向空放了一槍，看見總監，便把槍膛移向總監的頭上，這回總監可嚇得不小。

正在這時，忽有人從他後面開了一槍，那囚犯的槍脫手落地，這人一腳跨過哀西尼的身上，把麥直路司扶起來，靠在牆邊，再追趕上去，幾個警察跟在後面。總監已認出這人就是皮立那。

這時囚犯已退進閣樓，皮立那趕去，只見他站在窗欄上，從三樓上直跳下去。

總監跑上來問道：「他跳下去了嗎？那我們捉不成活的了。」

皮立那道：「死活都捉不成，你看他已爬起來了，正奔向大門呢！」

總監道：「我們的人呢？」

皮立那道：「他們被槍聲震驚，都在樓梯下照料傷者。」

「哼！這個惡魔，」總監低聲罵道：「他這一次玩得不錯。」

確實，甘司冬一路上沒有遇到任何人阻擋。

「抓住他！抓住他！」總監大喊。

沿著人行道停了兩輛汽車，一輛是總監的專車，一輛是副局長叫來押送犯人的出租車。兩個司機坐在座位上，一點也不清楚戰鬥的情況，但他們看見甘司冬從樓上跳下來。總監的車裡放了不少證物，司機隨意抓起了那根烏木手杖，拿著這唯一的武器，勇敢地朝逃犯衝過去。

「抓住他！抓住他！」總監叫道。

司機與逃犯在院門口遇上了。兩人交手的時間很短。甘司冬朝司機衝過去，奪過手杖，往後一揮，正打在司機臉上，手杖斷為兩截。他拿著手上剩的那截奪門而逃。另一個司機和終於從屋裡跑出來的三個警察在後面緊追不捨。

追趕的人離他有三十步遠，有一個警察朝他放了幾槍，都沒有打中。

這時總監和韋伯下樓來，只見總警長躺在一張榻上，腦際中了一彈，面如死灰，不久便死去了。

麥直路司的傷勢還輕，他一面裹傷口，一面細細地講述，那囚徒把他們引到閣樓外面，牆壁上掛著些下人們的破衣衫和一只舊麻袋，那囚徒忽的探手麻袋中，取出一柄手槍，向總警長開槍，警長應聲倒下，麥直路司就把那囚犯擒住，但還是被他掙脫，連開三槍，就在這時，麥直路司的肩頭也中了一槍。

總監這時氣得臉面變色，連聲道：「我們竟中了他的詭計，書信，活動釘子啦，都是謊話，真膽大！」說著下樓，走到園中的樹蔭下，正遇著一名追了凶徒回來的警探，便問道：「那凶徒怎樣？」

「那囚犯轉過一條街，便有一輛像是早已預備好的汽車，等他一跳上車，便飛也似的去了。」

總監道：「那麼我的汽車呢？」

「等你的汽車開動已來不及了。」

總監道：「那車子是租來的嗎？」

「是的。」

「這倒容易，我們只要在報上登一個懸賞，那司機自會來的。」

韋伯道：「也許那司機是同黨，你就是找到車子，凶徒難道不會掩飾他的蹤跡嗎？」

皮立那也道：「正是，你們把已捉住的人放走，怎不麻煩呢？唉，麥直路司，我昨天晚上已對你說過，那凶徒絕不是單獨一個人，在我的住宅附近，必定還有共犯。」說畢，向麥直路司問了桑佛來的態度和被捕時的細節，便回巴奔廣場私宅中去了。

他走進書房，立即檢查電話間的門洞。門洞是拱形的，約兩米寬，很低矮，只掛著一幅絨布簾子。簾子幾乎總是撩起來的，裡面的情形一目瞭然。簾子下邊，有一個活動按鈕，一按，鐵板就落下來了。兩個鐘頭前，他就是碰上了這道鐵板。

皮立那一試並沒有損壞，難道那女郎要置他於死地嗎？只是為什麼呢？他想要按鈴喚她問個明白，可是躊躇之後，終於沒有搖鈴。他從窗戶裡看著她緩緩地走過院子，柳腰款擺，一縷陽光照亮她那滿頭金髮。

到了十二點鐘，正想按鈴進午餐，一個下人捧著一個茶托，進來說：「主人，外邊警務總監請見，名片在這裡。」

皮立那接來一看，見上面印著但斯曼林字樣，便在窗口一望，看見巴奔廣場那面站著那批看守他的探員，心想那天在危急的時候救了他的性命，總監對我應不會有惡意。

總監走進來，對皮立那點了點頭，跟著韋伯也進來，態度很驕傲，皮立那也不在意，拉了兩張椅子，請他們坐下。

總監卻只是在室內來回踱著，這樣靜默了好久，皮立那有些不耐煩了，總監方才向他說道：「皮立那，你離開里卻華倫後，是直接回家的嗎？」

皮立那答道：「是的。」

總監又問道：「一直待在書房裡嗎？」

「是的。」

總監道：「你走後四十分鐘，我回到署裡，接到一封快信，看上去信是九點半在巴奔廣場投寄的，你且看一看。」

皮立那接過一看，只見信上用大體字寫著道：

「甘司冬・桑佛來脫逃後，又和同黨皮立那聯絡，原來皮立那就是亞森・羅蘋。他把桑佛來的地址告訴你們的目的，是想除去這人，他便可獨得小摩而登的遺產。但今晨他們倆又相好了，亞森・羅蘋替桑佛來尋了一個藏身處，桑佛來的半截手杖被羅蘋帶走，藏在書房裡靠窗口的沙發坐墊下，這種舉動，他倆顯然是同黨無疑。」

皮立那看畢，把信摺好，交還總監。

總監問道：「你對這個控告，有什麼答辯嗎？」

「沒有。」

總監道：「但總得證明一下虛實才是。」

皮立那說道：「那很容易，你只要看那張沙發就得了。」

總監走向沙發，掀起坐墊，果見下面有半截手杖，皮立那既怒且驚。

總監見他不說話，便道：「副局長韋伯撿到的下半截在我這裡，我們接一下看看。」

他從大衣裡抽出那半截，兩截手杖正好對上，而且嚴絲合縫。

皮立那心知這事定有仇人栽贓誣陷他，使他有口難辯，和保險櫃裡發現翡翠的事一樣，便閉口不言。

總監急道：「你怎麼不替自己辯護呀？」

皮立那道：「我不必為自己辯護。」

總監跺著腳道：「怎麼，你承認了嗎？……」這時他只要吹一聲口哨，警察就會衝進來，任務就完成了。

皮立那道：「要我幫你喚那班警探嗎？」

總監不答，又在室內跺起步來，皮立那正在納悶他為什麼這麼猶豫時，猛一下總監又站在他面前說：「如果我把手杖看作無效的證據，視為是你的下人誣害你，也可以說，如果我只看重你對我們的幫助，還你自由，你看怎樣？」

皮立那笑道：「還我自由，不再有人看守我了嗎？」

總監點頭稱是。

皮立那道：「倘若報紙再登載攻擊我的文字，千方百計誣害我，又引起輿論的反彈，你怎麼辦？」

總監道：「我都不聽。」

皮立那又道：「那麼韋伯先生反對我的偏見，也可打消嗎？」

總監遞了個眼色給韋伯，韋伯哼了兩聲，表示答允。

皮立那道：「那麼，總監先生，我有把握贏得勝利。報上說，在范洛警長的衣袋裡，發現一本日記本，這日記本裡可有什麼線索？」

總監道：「沒有，只有些私人的記事……喔，我記起來了，裡面有一張女人的照片，我不認識她是誰，也想不到和這案子有何關係，所以我沒有交給報館。在這裡，你去看吧！」

說罷把照片拿給皮立那，皮立那接過一看，吃了一驚，總監瞧見了，問道：「你認識這女人嗎？」

皮立那道：「我先以為是認識她，但只是有點相像罷了，如果您能把相片留在這兒，讓我再去查對一下，晚上再還的話。」

總監道：「今晚嗎？可以，你查明後，交給麥直路司，另外，我也要叫他與你商量怎樣偵破這件摩而登的遺產案。」

這場風波至此平息，總監便走了。皮立那目送他們出去，將要下臺階時，總監掉頭道：「今天早上，你救了我的性命，要不是你，那惡徒桑佛來……」

「這種小事就別說了。」皮立那打斷他的話。

總監道：「我知道這種事你是做慣了，不過，還是請你接受我的謝意。」說罷向皮立那深深一鞠躬，似乎是向那位貨真價實的西班牙貴族，外籍軍團的皮立那英雄致敬。

至於韋伯，像一隻套了嘴套的獵狗，對敵人看了一眼，兩手插在衣袋裡，走了過去。

皮立那想道：「現在已還我自由，我得幹正事了。」便按鈴喚僕人進餐，並叫里文色小姐吃過飯就來見他。

他往餐室一坐，把照片摸出，仔細地瞧著，相片有些發白，就和所有在皮夾裡或文件堆裡抽來抽去的相片一樣。

照片中的人是個年輕的婦人，穿著晚禮服，面帶笑容，照片一角隱約有個簽名，是佛路倫絲，心想：這可是里文色小姐的小名嗎？但它怎麼會落到范洛警長的手裡去呢？這女郎和這案子又有什麼關係呢？

里文色小姐走了進來，皮立那去倒了一杯水，放近脣邊正要喝時，女郎忙搶前奪了水杯，擲得粉碎，問道：「您喝了嗎？」

「沒有，怎麼了？」

「水裡有毒。」

只這一句話，把皮立那嚇得直跳起來，拉住女郎的手臂，大聲道：「妳肯定有毒？」

女郎答道：「這不過是個猜測，我只是突然有了這個念頭。」

皮立那道：「要知道實在也不難。」

皮立那取了一只碗，盛滿水，到園子裡，見小狗在馬房玩耍，便拿水餵牠，那狗喝不了幾口，腳爪便緊縮起來，倒地死了。

「現在，我們到妳的房間，好好談一談。」他堅決地說。

七　飛來的信

里文色小姐的房間，皮立那還是第一次涉足。室中陳設很是簡樸，擺著幾張舊的烏木椅子，一張圓桌，一張書桌和幾本書，潔白的門簾映照全室，壁間掛著畫。

皮立那道：「妳可知道這宅子裡，今天早晨在我打過電話後，出了什麼事嗎？我走出電話間的時候，藏在牆裡的鐵板突然砸下來，使我無法脫身，我只好打電話給亞司多里少校，他才趕來，會同管家把我救出來。」

女郎道：「那事我一點都不知道，因為我人已在臥室了。」

皮立那接著道：「事後我調查，屋子裡的人都知道有這個鐵板，這是誰裝的？」

女郎道：「這是前主人曼龍伯爵告訴我的，他說法國大革命時，他的外祖父死後，外祖母躲在這屋子裡有三個月，那時門簾外面便裝了鐵板。」

皮立那道：「我卻不知道這回事，險些兒把命送在這裡。」

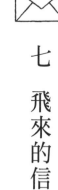

女郎道：「但那鐵板怎麼會倒下來呢？也許是機關失靈了吧！」

皮立那道：「不，我看過了，決不是偶然失靈造成的。」

女郎道：「那麼是誰幹的呢？總得有人瞧見的呀！」

「只有一個人能瞧見他，就是妳，因為那時妳正走過我的書房，聽說妳得著方夫人的消息，還驚叫一聲呢！」

女郎道：「是的，我聽到她自殺的消息，十分驚駭。我很同情這個女人，不管她有罪還是無罪。」

皮立那道：「那時妳就離那兒不遠，那奸徒必不能逃過妳的視線。」

女郎垂下眼簾，微微有點臉紅，說：「我是事故前幾秒才出來的，按說應該撞見他才對，可我確實沒見到。」

皮立那道：「不過，有一點我覺得奇怪，就是鐵板砸下來的巨響，還有我的呼救聲，你竟然都沒有聽見嗎？」

「沒有，也許我把房門關上了，因此什麼也沒聽見。」

「我推測，有一個人早就躲在我的書房裡，這人和那暗殺兩條命案的凶徒定是同黨，因為警務總監剛在沙發坐墊下發現半截凶手的手杖，這種種都說明有人在設計陷害我，這個同謀到底是誰呢？到底是誰一定要把我害死呢？唉！我受夠了，我要弄清楚他是誰，我會弄清的。」

他往前走了一步，一邊盯著她的雙眼，一邊在她臉上尋找慌亂不安的跡象。

女郎道：「我真的不知道，也許是你誤會了，這不過是偶然的事件罷了。」

皮立那想把女郎罵一頓，說她就是同黨，他吃驚地發現相片上的美人，和眼前站著的人一模一樣，不禁暗道：這樣的女人會是殺人凶手，會是下毒的人？

皮立那道：「妳的真名，可是叫佛路倫絲・里文色嗎？」

女郎吃驚似的道：「佛路倫絲嗎？你從哪裡知道的？」

皮立那取出照片道：「請看照片，上面的具名幾乎瞧不清楚了。」

女郎一見大驚道：「你從哪裡得來的……唔，這是警務總監給你的，他們也要找我嗎？……」

皮立那道：「不用害怕，只要在相片上稍作修改，就認不出你的模樣了。」

女郎彷彿沒聽到，只是注目在那張照片上，自語道：「那時我是多麼快樂，只有二十歲，住在義大利，時常自顧美貌……」說時又淌下淚來，像是對一個不幸的友人說話一般。

皮立那心想，我真不相信她會是個殺人犯，但是……

他在房裡踱起步來，牆上掛的風景畫引起了他的注意，又瞧架上的書本，都是些法文和外國的小說。他逐一看過去，瞥見有一本書，皮面挺硬，沒有任何汙漬和裂痕，和新的一般，上面寫著《莎士比亞全集》，心知有異，便取出一看，果然是假的，是個書形的紙箱，裡邊藏著一疊書信，和各類大小一律的信封、信紙。

皮立那一見這些寫字紙，和那篇法蘭西回聲報上評論的草稿大小花紋一樣。他把這疊草稿紙逐一翻看，到末後第二張上面，見急匆匆地寫著幾行字和數目：

松溪路

第一封信，四月十五日夜

第二封，四月二十五日夜

第三、第四封，五月五日與十五日夜

第五封和爆炸，五月二十五日夜

第一封信的日子正是今日，以後每隔十天一封信。他還注意到，這筆字與那篇文章草稿的字相同。那份草稿，他夾在一個記事簿裡，就帶在身上，因此，他可以拿出來對一對，看兩者用的格子紙和兩者的筆跡是否相同。

誰知展開日記本一看，草稿已不翼而飛。他明明記得，早上和麥直路司打電話時，那日記本是在大衣口袋裡，那大衣曾在電話機邊的一張椅子上放過，書房裡只有自己和里文色可以來去，這會皮立那又發怒起來，想要向女郎發作，現在證據確鑿，她絕難抵賴。

但轉念一想，不可這樣，便仍把紙片夾入假書裡，歸還原處，走到女郎身邊，忍不住一個勁地盯著她的嘴，恨不得撬開她緊閉的嘴唇看個明白，看是不是她的牙齒在那蘋果上留下了齒痕，那個牙印究竟是她的，還是方夫人的？

皮立那離開女郎，走到書房裡，打了個電話給麥直路司道：「麥直路司，請你告知總監，說我命你在我的下人們中查出桑佛來的同黨，還有一件事，請他准許我們今夜在方維爾的私宅中過一夜，因為我知道那邊快要發生一件事了。」

「什麼事？」

「我不能說，但我們須早點到那邊，今晚一定有事。」

「那麼我們晚上九點鐘在松溪路會面吧！」

這所方氏住宅，自從出了命案之後，除了書房要不時看外邊動向外，其餘都封鎖起來，由警方掌管鑰匙，以便隨時可以進行調查。

皮立那當晚在飯店用了晚餐，到松溪路和麥直路司會合，已經是九點鐘了。

進了書房，只見所有的字紙都已移動，書桌上已沒有書報，積著一層厚厚的灰塵，皮立那對麥直路司說：「老友，我對這房子的感觸很深，常常在夢中出現，今天是四月十五日，看有什麼事情發生。」

說完各自休息，到了天色大亮的時候，皮立那醒來，室中除了麥直路司的鼻息之外，別無其他的聲音。皮立那心裡很是詫異，暗想難道我誤會了麼，那本《莎士比亞全集》中的秘密，不是指這裡嗎？或者是指去年的事？

他一邊想，一邊推開窗子說道：「亞歷山大，你臉色發青，不會死了吧！」

麥直路司道：「跟您說實話，我值班時，您睡著了，我真是提心吊膽哩。」

皮立那道：「你害怕嗎？」

麥直路司說：「是的，我聽了您的話，心中便牢牢地記著這件事，你的臉色也不太好看，難道你也……」說時，只見皮立那現出驚訝的神色，他問道：「出了什麼事？」

「你看，桌上。」

麥直路司抬頭，看見桌子上放著一封信，一邊已經撕去，外面貼著郵票，皮立那道：「這是你放的嗎？亞歷山大。」

麥直路司道：「老闆，您在開玩笑吧，您明明知道這只可能是您放的。」

「這只可能是我……可是，確實不是我。」

麥直路司道：「那麼是誰呢？」

皮立那取了那信一看，見上面的地址、郵戳、受信人的姓名已被刮去，只有發信地和日期，寫著一九〇一年一月四日，巴黎。

皮立那道：「照這看來，這信是在三個半月前發出的。」又念著裡面的信道：

親愛的朋友：

唉！早幾日寫信告訴你的事，我今日只能進一步肯定。陰謀正在加緊進行。我不清楚他們的計劃，更不知道他們將如何執行。不過一切跡象表明，結局就在眼前。我在她眼裡看出來了。她有時望我的眼神非常奇怪！啊！多麼卑鄙的傢伙！誰會想到，她竟做得出——我真不幸，可憐的朋友。

「是方維耳簽的名。」皮立那說：「我肯定，這確實是他……今年一月四日寫給一個朋友的。我們不知這個朋友叫什麼名字，可是我們會查出來的。這個朋友會向我們提供所有必要的證據。」

麥直路司嘆道：「證據！等他提供證據，早就不必要了！這就是證據。方維耳先生自己提供的證據。『結局就在眼前。我在她眼裡看出來了。』她，就是他夫人。丈夫的證詞肯定了我們對她所知的的一切指控。您說呢，老闆？」

「你說得有理。」皮立那道：「這封信是關鍵。只是……是哪個鬼東西送來的呢？昨夜我們守在這裡，有誰進來過？這可能嗎？因為只要進來人，我們總會聽見……這就是讓我驚奇的地方。」

說完，二人便在室中仔細的搜查，卻沒有發現半點線索。

他們關上門，出了宅子。忽的皮立那瞧見一個騎腳踏車的，這人兩目閃爍地看著自己，急忙說了聲「小心！」把麥直路司一推，麥直路司站不穩，退後了幾步。只見那人取出手槍，開了一槍，子彈從皮立那的耳邊擦過，皮立那大呼道：「快追，麥直路司，你沒有受傷嗎？」

麥直路司答：「沒有。」便一同跟追下去，口裡還喊人幫助，只是這裡地僻人稀，加上是在早上，空蕩蕩的馬路上行人稀少。那人拚命蹬著車，轉過了一條街，便不見了。

皮立那恨恨地道：「混蛋！走著瞧吧，早晚會逮著你！」

麥直路司問道：「主人，這是誰？你又不認識他。」

皮立那道：「怎麼不認識，他就是烏木手杖人。昨天早上，在里卻華倫路槍殺總警長哀西尼的就是他，他現在鬍子刮得光光的，我卻認得他。只是他怎麼知道我在方氏宅中過夜的？難道有人一路跟著我嗎？這人是誰呢？」

麥直路司想了一下道：「主人，昨天你打電話給我時，聲音雖低，或許是被人聽去了。」

皮立那不答，想到了里文色小姐。

晚飯後，皮立那想到烏木手杖人的家中去檢查一番，便帶著麥直路司，一起坐汽車出發，囑咐司機開往里卻華倫路。

車子在塞納河右岸行駛著，皮立那對司機喊道：「快些，我這車子一向是開得很快的。」

麥直路司說：「你總有一次得翻車。」

皮立那道：「只有傻瓜才會出車禍。」

汽車飛也似的開著，向左彎時，皮立那又連聲催快，車子不慎便撞在路旁的一棵樹上。十幾個行人跑過來，幫忙打碎玻璃，打開車門。皮立那第一個爬出來，對眾人道謝，說自己並沒有受傷。路人又幫著把麥直路司扶出來，他身上有幾處挫傷。

不幸的是，司機從座位上衝了出去，躺在人行道上，一動不動，頭上血流如注，十分鐘後他就斷氣了。

麥直路司回到汽車旁，見兩個警察在察看事故，收集證詞，但主人卻不見了。是的，皮立那走了。他跳進一輛出租車，叫司機盡快開到他家。他下了車，進了宅子，直向里文色小姐的房間走去。

他敲敲門，也不等裡面的人回答，就闖了進去。

他氣憤地說：「好了，出事了，有人潛入車庫，將車子的零件破壞了，妳知道這詭計一定可以成功，只可惜有人做了我的替死鬼。」

女郎驚駭地道：「你說什麼？我不明白。」

「汽車翻了，司機死了。」

女郎驚叫道：「多麼可怕呀！」她的聲音漸漸弱了下去，臉色變得慘白，身體搖搖晃晃的。

就在她要倒地的一刻，皮立那趕緊抱住她，扶她在一張椅上躺下。只聽她一遍又一遍地嘆道：「唉！可憐的司機……」

皮立那一手拿了女郎的手帕，拭著她頸裡的汗。女郎任憑皮立那擺布，毫不抵抗。皮立那見那常紅的嘴唇已是全無血色，便伸手微微啟開她的櫻唇，露出一排白齒。她的牙齒雪白，整齊漂亮。比方夫人的稍小一點，牙床更寬。可是誰又能肯定它們咬東西不會留下同樣的齒痕呢？

這時女郎呼吸漸漸平復，皮立那覺得有一陣異香沁入心肺，自己忽然有些頭暈，便用力把女郎的頭靠在椅背上，站起身，頭也不回地走了出去。

八　古屋骷髏

巴奔廣場皮立那新買的那所宅子裡，一切都好像沒有出過事情一樣的安靜。那些敵人對皮立那的攻擊也沒有動靜，好像已經講和一般。

里文色小姐依舊替皮立那收讀信函，和報紙上關於他自身或摩氏遺產案的評論。皮立那和女秘書談天說地，和平常一樣，其實卻在暗探她的行動，心想：妳到底是怎樣的一個女魔頭，妳這樣四處實行暗殺，還不能滿意，還要害死我！妳到底是誰？從哪裡來的？

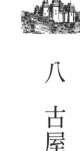

他胡思亂想著，忽然想到他買下這座公館絕非偶然，他是接到一封匿名的房產介紹之後，才動念買下這座公館的。這封信又是誰寄給他的呢？顯然是這女郎把他吸引到身邊，以便監視和動手害他。

一天早晨，女郎對皮立那道：「報上說，今晚又有情況要發生了。」說時指著報上的一段報導道：「據說，警方根據您提供的情報，松溪路的民宅中，每隔十天會收到一封信。今天是四月二十五號，離上次收到信的日子正好是十天；還說收到第五封信，也就是最後一封信的夜裡，公館將會被炸毀。」

難道這是在向他挑戰？他死死地盯著她。

皮立那道：「是的，今夜我定得趕到那裡去。」

女郎正想回話，卻又再次壓住內心湧動的情緒，把話嚥了下去。

這天，皮立那保持高度警惕，午飯和晚飯都是在外面吃的，還和麥直路司說好，讓他派人嚴密監視波旁宮廣場。

下午，里文色小姐沒有離開公館。晚上，皮立那吩咐麥直路司的手下，倘見有什麼人出外，便跟蹤前往。

晚上十點鐘，皮立那便和麥直路司在方氏住宅會合，副局長韋伯和兩名警察與他同來。

皮立那把麥直路司拉到一邊說：「你說實話，他們信不過我，是吧？」

麥直路司道：「只要總監在暗裡幫忙，他們也奈何不了你，只是韋伯說這些事都是你一手操弄的。」

皮立那道：「我這麼做，目的何在呢？」

「用意是在證明方夫人的罪狀，把她定罪，你便可得到那分遺產，所以我請了代理探長和兩個人同來，來證明你的清白。」

說完，他們各就各位，兩名警察輪流值班，仔細檢查了方維耳兒子睡的房間後，把門鎖上，兩名便衣偵探便在書房輪流坐守，到十一點鐘便熄了燈，皮立那和韋伯幾乎一夜沒睡，只合了一下眼。

一夜過去，平平安安，沒有任何異常。

第二天早上七點鐘，他們推開窗子，卻發現和上次一樣，桌上有一封信。大家呆了半晌。韋伯取了信，他奉了命令，不僅自己不讀，也不讓任何人讀這封信。後來報紙登出這封信，還附上專家的鑒定，證實這封信是海泡方維耳的筆跡，信上道：

「親愛的朋友，我見到他了！你明白我指的是誰，他把衣領翻起，在布洛涅樹林的一條小徑上散步，我相信他沒有看見我，因為天色將黑，但我立刻認出他來，他那根銀鑲頭的手杖，正是那惡徒甘司冬．桑佛來。他違背了約定，還是來了巴黎。啊！他是我的冤家對頭，他害得我好苦哇！不但奪走了我的幸福，現在又要奪我的性命了，我怎麼能不害怕呢？」

依信上所說，方維耳確知那個烏木手杖人，甘司冬・桑佛來要設計害死他，可見兩人從前有過來往，後來斷交，而桑佛來曾允諾過不再到巴黎來。

這封信，也可以看作是摩氏遺產案進行的一點線索。但這信怎麼會出現在桌上呢？和四月十五日的夜裡一樣，有一隻看不見的手把這封信送進門窗緊閉的房間，沒有弄出半點聲響，沒有任何開門撬鎖的痕跡，真是不可思議！

起先以為另有一條秘密的道路，可是大家對房間四壁作了仔細檢查，又詢問了當初建造這所房子的工人，才知道並沒有另外的暗門，因而否定了這個假設。

到了五月五日，警察總監本人也被這兩次奇蹟驚動了，想到現場看個究竟，便親自參加了第三次夜間值勤。

不過大家白等了一場。這只能怪警察總監先生。因為他決定亮著燈過一夜，看看燈光會不會妨礙奇蹟發生。在這種情況下，當然不會出現什麼信件，不論是魔術師玩什麼把戲，還是歹徒要什麼陰謀，都需要求助於黑暗的庇護。

因此，這十天就白白耽誤了，如果那惡魔般的通信人還敢繼續幹下去，把那神秘的第三封信送來的話。

到了五月十五日晚上，這些人依舊到方民宅中去守候，這次把電燈熄滅了，但總監把開關抓在手上，有幾次出其不意地把電燈開亮，可桌上什麼也沒有。

突然，他們一齊驚叫起來。有一種不尋常的，像是紙張磨擦的聲音打破了寧靜。

總監立刻開亮了電燈，驚叫一聲，原來又發現了一封信，在桌邊的地毯上，眾人的臉都變了色。

總監瞧著皮立那，皮立那只是點頭，他們查看門上的鎖，都沒有動過，看見那封信又是方維耳的親筆簽名，是二月八日寫的，地址模糊。信上道：

親愛的朋友：

我因不願像一頭被牽到屠宰場的綿羊一樣任人宰割，所以我得奮鬥，衛護自己。現在我掌握了無可抵賴的證據——我掌握了他們來往的書信！我知道他們一直相愛，他們想結婚，不容有人妨礙。她親自寫著說：

「耐心點，我的甘司冬呀，我現在越來越有勇氣了，活該那從中作梗的人，他早晚要被打發走的。」

親愛的朋友，如果我最後的奮鬥失敗，你可以在玻璃櫥櫃後面的保險櫃裡找到這些信（還有我收集的所有指控那可惡女人的證據）。那時，就請你為我報仇。

再見。也許，該說：永別了……

這就是那第三封信的全文，也可以說海泡方維耳在墳墓裡告發他的夫人，完全解釋了她這幾次犯罪的緣故，原來曼麗和甘司冬・桑佛來是一對情人。這些奸徒定然知道小摩而登立有一張遺囑，所以他們害死小摩而登，因為急於要得到大批遺產，才釀成這樣的大禍。

不過這個方維耳托他報仇的收信人到底是誰？為什麼他把這些書信偷偷摸摸地逐一交出來，卻不一起交給警方，繞這麼大的彎子，費這麼多心思。難道他是為形勢所迫，必須待在暗處？這些舉動實在難以解釋。

過了一星期，警方再次詢問方夫人，問她丈夫生前有幾個知交，叫什麼名姓？她卻固執不說。當夜方夫人在獄中用一塊玻璃割破自己手腕的血管，意圖自盡。

麥直路司在第二天早上八點鐘，趕來把方夫人企圖自殺的消息告訴皮立那，皮立那聽了很是著急，忙問：「她死了嗎？」

麥直路司說：「雖沒死，但她既有這個念頭，總有一天會再尋短見的。」

「她自殺前，沒有招供嗎？」

「沒有，她只在一張紙片上寫了幾句話，說那些神秘信件的來源，還是去問一個名叫來其惱先生的人，他或許知道，這也是她丈夫唯一在任何時候都稱為『好朋友』的人，他能證明她無罪。」

皮立那說：「既然有人能夠證明她無罪，她為什麼還要割腕自殺呢？」

「據她自己說，證明她有罪無罪對她來說都是一回事，她這一生已經完了，她現在希望的，就是死。」

「除了死，便沒有別的方法嗎？若是真相大白，便可以洗脫嫌疑，並且真相也不難探查出來。」

麥直路司說：「你莫非已有了什麼發現？」

「我也不太明白，只是那信上說得很清楚，像是一種暗示……」皮立那想了想，又道：「那三封信上面模糊不清的地址，拿去仔細檢查了嗎？」

麥直路司答道：「辨認出來了，收信人寫的是來其惱的名字。」

「這人住在哪裡呢？」

「據方夫人說，住在一個叫做譚米尼的村子裡。」

「是在信上發現的嗎？」

「沒有，信上寫的是附近的市鎮，叫做亞倫空。」

「現在你可是要到這地方去？」

「是的，總監命我馬上到那裡去，我得到火車站搭火車。」

皮立那道：「那好，我正閒著，也想換個環境。」

過了半小時，兩人已坐上車子，沿著凡爾賽路，飛也似的駛去。

今天皮立那自己開車，把麥直路司幾乎急壞，連連嚷道：「你怎麼開得這樣快，你難道忘記那天……」

皮立那只是不答，一霎時已到了亞倫空，吃了午飯，便到郵局，郵局職員不認識這個人，於是兩人趕到譚米尼，那裡的郵件收發員也不認識有個叫來其惱的人。

皮立那道：「我們去問這裡的市長吧！」

兩人到了市長公署，麥直路司說明身分及來意，市長會意道：「老來其惱，不錯，他是一個上流人，常到鎮上來的。」

麥直路司問道：「他常到亞倫空郵局來取信嗎？」

市長答道：「是的，他每天藉此去散散步。」

麥直路司問：「他住在哪裡？」

市長答：「就在你們來時經過的市梢頭。」

麥直路司問：「我們可以見他嗎？」

市長道：「你們見不著他，因為他四年前就死了。」

兩人露出驚訝的眼色。

市長解釋道：「他在擦獵槍時，不小心走了火，打中肚子。不過村中人卻非常懷疑，因為老來其惱是個打獵能手，不至於這麼粗心。」

皮立那又問：「他有錢嗎？」

市長道：「正是這一點叫人摸不透，他雖有錢，但家裡人竟找不出一分錢來。」

皮立那問：「他可有什麼子女和同姓親屬嗎？」

市長答：「沒有，連堂兄堂弟也沒有。他僅有的一座古堡，官廳把它封鎖起來，暫由公家保管，法定期內，倘若沒有繼承的人出來接收，便充為國有了。」

皮立那問：「那些遊玩的人，不會到堡中去走動嗎？」

市長答道：「不行，那古堡的圍牆很高，並且不知從那一年起，人家傳說堡中有鬼，所以沒人敢進去走動。」

兩人聽罷，走出村公所，皮立那忍不住道：「這事很稀奇，方維耳竟寫信給死人，據我看來，死者也許是被暗殺的。」

麥直路司說：「我看是另有一個人收了那些信件。」

皮立那不解道：「方維耳把信寫給死人，把一切託付死人，並把他夫人的犯罪原因告訴給死人，這不是很奇怪嗎？」

麥直路司低頭不語。

到了下午，他們便向那些熟識來其惱的人探問他的一切，但仍找不到什麼線索，到了六點鐘，他們打算回去時，皮立那發現汽車沒有油了，便叫麥直路司到亞倫空去買油，自己踱到市梢去探訪那所古堡。

他沿著一條竹籬，走到一處空曠的地方，兩邊種著樹木，瞧那城堡的牆確實很高，並且除了中間一扇鎖著的大門外，其他連一個窗子都沒有。

皮立那攀著樹枝，跳了進去，裡面是一個開著野花的荒場，右邊有數條草徑，一面通著一個池沼，左邊卻通著一間破敗不堪的房子，百葉齒七橫八豎的靠著。

皮立那沿路走去，看到一個花壇被不久前的雨水淋濕的泥土裡，有新踏出的足印，這是女靴留下的印子，心想有誰來過呢？

他離開小屋，走進樹叢，在樹林裡又見到了兩次足印，再遠便看不見了。

這時他來到一座背靠高坡的大倉房，倉庫門已蛀得不成樣子，皮立那湊近門縫向裡面一瞧，只見裡面沒有窗子，破隙用稻草塞著，所以室內光線很暗，加上天色將晚，更是看不清楚，只能看見裡面有一堆破的木酒桶和一些廢銅爛鐵。

「那女人肯定不是來這兒。」皮立那這麼想時，忽然聽得裡面有一種聲音，定神一聽，卻又聽不見了。

他推開一塊木板，挨身進去探個究竟，從這個缺口裡，射進了一道光線，瞧見自己正站在兩只高桶中間，地上放著碎玻璃，木桶一直堆到靠對面牆的一塊空地。

他走著，兩眼慢慢適應了黑暗。忽然頭上撞著一件硬東西，看不清是什麼，那東西搖擺起來，發出怪叫。

皮立那拿出電筒，照亮一看，不禁嚇得倒退幾步，原來上面掛著一具骷髏。

「媽的！」他又罵了一聲，原來旁邊還有一具骷髏，兩具骷髏用繩索縛著，並肩掛在屋梁上的一個鐵圈上，經皮立那一碰，那些骨節便發出吱嘎聲。

他看見一張瘸腿的桌子，便把它搬過來，爬上去仔細瞧看，見兩個骷髏相對著，大小差得很多，分明是一男一女。

那兩具骷髏雖然赤裸裸一絲不掛，但手指上卻各戴著一只金戒指，被彎曲的指節骨鉤住，皮立那輕輕地取下一看，這是兩枚結婚戒指，裡面刻著日期，是一八八七年八月十二日，還有兩個名字，一個是亞佛蘭，一個是維多麗，證明這兩個人是夫婦。

「他們是自盡的呢，還是被人暗殺的呢？並且到現在為什麼還沒有被人發覺？從老來其惱死後，這屋子被官廳封鎖，誰也不能進來，這兩具屍骨，難道是那時便在這裡了嗎？但是我剛剛明明看見花園裡有腳印，一個女人到過這裡。」皮立那心中滿是疑問。

他跳下桌來，正想出去，忽然左邊閣樓上掉下幾個鐵圈來。這閣樓下也堆著些雜物，有梯子通著，皮立那心想，莫非那個留足印的人因我來了，躲在裡面，才把東西碰倒的嗎？

他把電筒放在一隻大酒桶上，電筒光把閣樓全照亮了，他爬上梯子，剛近樓板，又有東西倒下來的聲音，一個可怕的人出現在廢物堆裡，閃電似的用一把鐮刀向皮立那的頭上砍來，皮立那眼快，急忙避過，險些頭被砍掉，那鐮刀很快擦過他的衣角，這時他已躺在地下，但他已瞧見那人正是甘司冬・桑佛來，在那暗淡的燈光裡，又瞧見佛路倫絲・里文色那張可怕的臉。

九　一百八十度的轉變

他驚呆了，一動不動地站了片刻。只聽見上面有東西推動的聲音，似乎那兩個傢伙在搬東西築工事。

在電筒光束的右邊，忽然露出一個缺口，透進一片慘淡的光亮。他看見一條身影，接著又是一條身影弓著身子，從洞眼裡鑽出去，逃到了屋頂上。

他取出手槍朝他們開火，可是沒有打中。因他想著里文色小姐，因而投鼠忌器，兩手發著抖，又開了三槍，卻都打在閣樓鐵片上，等到第五槍放過，就聽見一陣呼痛的聲音，他再次爬上樓梯。

閣樓上雜亂地堆著一些雜物工具，使他邁不開步子，磕磕碰碰之後，終於走到缺口。爬出一看，只見自己站在平地上，不覺一愣：原來那上面是坡頂，倉房就是靠著土坡蓋的。

他信步走下土坡，來到房子正面，沒有見到一個人影。他又從右邊上坡，搜索了一遍。這時他發現了剛才沒有注意到的情況，這一處的圍牆足有五米高，牆頂挨著土坡，桑佛來和里文色兩人一定是從這裡逃出去的。

他沿著闊牆，走到一處比較低的地方，跳到一塊田裡，田地挨著一座小樹林，那兩人一定是從林子裡逃去的。他知道再追無益，便回到村裡。

這時麥直路司也已回來，給油箱灌滿了汽油，開亮了車燈。

剛巧譚米尼市長經過，皮立那便拉他到一旁問道：「你們村裡可有人談起，兩年前有一對年約四五十歲的一男一女同時失蹤嗎？男的叫做亞佛蘭……」

市長不等皮立那說完，便接著道：「那女的喚做維多麗？唔，我曾經聽說過，他倆住在亞倫空，靠積蓄過活，現在已不知去向，失蹤前，他們出賣房產，共得約有兩萬法郎，那筆錢也不知到哪兒去了。」

皮立那聽罷，便稱謝告別，和麥直路司一同坐著汽車，向亞倫空奔來。

「去哪兒，主人？」麥直路司問。

「去車站。我相信昨夜方夫人告訴我們老來其惱的話，已被桑佛來知道，今天他在來氏屋外偵查，也是另有目的，我猜他來往都是乘火車。」

皮立那的假設立即得到了證實。在車站，有人告訴他們，一男一女兩點鐘時從巴黎到這裡，並在鄰近的旅館租了一輛輕便馬車，事情辦完後，剛才坐七點四十的快車走了。這對男女的特徵正與甘司冬・桑佛來和佛路倫絲・里文色相符。

皮立那瞧了瞧時間，道：「走吧，我們已遲了一小時，或者可在勒門司地方追到他們。」

汽車駛過一座座村莊、一塊塊平原、一道道山嶺。一會兒，勒門司已在望了。

皮立那道：「老友，這裡到車站的路你認得嗎？」

麥直路司道：「認得，由此向右一直去便是。」

到了車站，只聽見一聲汽笛，有一輛火車正要開行，皮立那跳下汽車，也不及買票，奔到月台，查票員也沒有攔住，他奔向列車，攀住銅欄杆，向車窗內逐一瞧去，準備瞧見那對共犯，以便逮捕。

火車開動了。突然，他大叫一聲，他看見他們了！里文色躺在長椅上，頭靠著桑佛來的肩膀，桑佛來摟著女郎的腰。

皮立那見了，怒不可遏，抓住車門不放，卻被查票員和麥直路司拖了開來。

麥直路司道：「你不怕做車下鬼嗎？」

皮立那狂喊道：「快放我前去，就是他們倆。」

這時列車隆隆地經過，皮立那還要跳上去，卻被他們拉住，幾名伕役和站長也都趕了過來，火車已經出了站。

皮立那嚷道：「蠢才，你們簡直都是些笨蟲，快放我自由。」說完，用力推開眾人，跳上自己的車，預備搶先趕到第一站查當世去捕捉桑佛來。

麥直路司急忙跟上了車。

皮立那嘴裡喃喃地道：「他倆是一對情人，共謀陷害方夫人，把一切罪行都歸在方夫人身上。」

皮立那一想起他倆偎抱的情形，便不覺怒火中燒，發誓要報這大仇。

忽然引擎發出怪聲，他急忙問麥直路司道：「這汽油你是哪裡買來的？」

麥直路司道：「村中的雜貨鋪裡。」

皮立那道：「你上當了，這簡直是泥水，你聽見引擎聲了嗎？」

這時車子完全停住了。皮立那恨恨說道：「這最後的機會又被錯過了。」

麥直路司安慰道：「我們把車子修好，再到巴黎去趕上他就得了。」

皮立那道：「混蛋，修車得花費一小時，並且難保不再壞。唉！」

他怒得幾乎要把車子踢爛，咆哮道：「麥直路司，你明白嗎？這一切，都是桑佛來的女伴幹的。她的外表絕對瞧不出，她名叫佛路倫絲・里文色，在我的宅中當女秘書，我把這些告訴你，因為我怕自己改變主意，她的模樣那麼端莊，眼睛那麼純真，我一見到她就失去了抓她的勇氣。這對混蛋害死了方維耳父子，還有來氏屋中的兩個人，乃至范洛警長和各士摩‧摩而登，都是這對惡魔幹的……」

說到這裡，他的聲音漸漸微弱不堪，彷彿一下子被失望擊倒一般。

麥直路司急忙把他扶起，抱進車子，說道：「你且等一會，有關這女人的事，可以拋到腦後去，我也曾遇到過這樣的事，等有空時我再講給你聽。等天一亮，有村人經過，便可叫他去採辦一切需要品和食物，我都餓死了。」

皮立那這時已疲倦到了極點，幾乎立即就睡著了。

第二天，他醒來時已經日上三竿了。早上七點，麥直路司拜託一個騎自行車的路人辦妥一切，到九點鐘，汽車又發動了。

皮立那恢復了冷靜，對麥直路司說：「我有義務盡一切努力救出方夫人，抓住真正的罪犯。只是，這任務應該由我一個人去完成。今晚，我就要叫里文色在拘留所過夜。記住！你不可以先告發她，你要是碰她一根頭髮，我就打斷你的骨頭，聽明白了嗎？」

到了協和廣場，汽車往王家花園開。

麥直路司問：「主人，您不回家看看？」

皮立那道：「不，我得先做一件急要的事，就是去告訴方夫人，真凶已被我發現，使她除去自殺的念頭，然後再去見總監。」

麥直路司道：「總監要下午才會回警署。」

皮立那道：「那麼去看初審法官。」

麥直路司道：「十二點鐘前，他絕不在法庭，現在還早。」

皮立那道：「去了再說。」

到了那裡，果然法庭上一個人也沒有，便在附近進了餐。

麥直路司又到偵探辦公處去了一趟，再引皮立那到初審法官那邊去，在走廊裡，麥直路司瞧出皮立那一副惶惑不安的神情，便道：「你心情還是很糟嗎？」

皮立那道：「比之前更壞，我在報紙上瞧見方夫人第二次意圖自殺的消息。她進了醫院，又把頭撞在牆壁上，醫院裡沒法，只得給她穿上緊身衣，不讓她動。可她又絕食，我要趕快去救她。」

麥直路司道：「怎樣救她呢？」

皮立那道：「交出真犯，我將告訴這案的經管人，今晚無論是死的活的，我一定把里文色交給你。」

麥直路司道：「桑佛來呢？」

皮立那答：「我要親手宰了他。」

這時走廊裡有幾個新聞記者在等候新聞，皮立那認識他們，便招呼道：「諸位，你們可以宣布，從今天起，我將替方夫人辯護，全力洗清她的罪名，保護她的利益。」

記者們聞言一片嘩然，使方夫人被捕的不正是你？收集種種證據歸罪於她的，不也是你嗎？現在卻和前言自相矛盾，這不是很可笑嗎？

皮立那道：「那些證據，我能逐一解釋消除，方夫人是為奸人所害，我會讓她的冤屈得以申雪。」

「可是那些牙印呢？」

皮立那道：「這是巧合，不過它們正是方夫人無罪的最有力的證明。試想，假若方夫人有殺人的能力，她還會把齒痕留到一個水果上去嗎？這個破綻，難道她想不到嗎？我會告訴初審法官，她是無辜的！」

說到這裡，他的目光注視著一個記者，這記者正在靜聽並記錄下來。

法官室的門開了，初審法官見了皮立那的名片，立刻要他進去問話。

皮立那突然對著麥直路司道：「哼，這記者就是桑佛來扮演的，趕快攔住他，不要給他逃跑了。」說時閃電般地追去。麥直路司和一班警探、記者跟在後面。

皮立那跑得飛快，不一會兒就與後面的人拉開了距離。他衝下地下道的階梯，穿過地下道。那兒有兩個行人跟他說，他們碰見一個行色匆匆的人。皮立那追了好久，卻沒有見到桑佛來，知道走錯了路，後來才知道桑佛來是從王宮路逃走的，在沿河馬路與一個金髮女子會合，那女人十分漂亮，顯然是里文色，兩人同乘一輛往聖拉扎爾的公車走了。

皮立那回到自己停車的地方，發動汽車，直向聖拉扎爾駛去，在車站又誤入歧途，費了一個小時的時光才回到原處，這時才查明里文色是獨自跳上街車，往巴黎廣場去的。

皮立那怒不可遏，掉轉車身，駛回家去，急欲去找那女郎。只見有六七個警署中的人早已守候在外，麥直路司見了他，急忙避入門後，

皮立那見了，心知麥直路司定已違反他的囑咐，把女郎告發了，便道：「你有拘票嗎？」

麥直路司道：「這有什麼法子呢？你自己告訴我，你太軟弱，叫我逮捕她的。」

皮立那道：「這樣說來，韋伯也知道了嗎？」

麥直路司道：「怎麼不知道，自從總監知道那相片上的人在你家裡，就有些疑心你了，他已查出那女人常到桑佛來家裡去，有時還在那裡過夜，她的名字叫做佛路倫

絲・里文色。」

這時一個賣報童子走過，口裡嚷著巴黎時報的頭條標題：「皮立那驚人宣言，方夫人宣告無罪，兩真犯旦夕就捕。」

皮立那道：「這齣戲快要演完了，佛路倫絲欠社會的債也得償還了。」說罷，把汽車駛進車庫，並交代司機：不時就要出發，便跳下來向管家道：「里文色小姐在家嗎？」

「在她房裡。」

「她昨天不是外出了嗎？」

「是的，她接到一個電報後，說是到鄉下去探望一個害病的親戚，昨晚她便回來了。」

皮立那道：「我有話問她，你去請她來。」

管家問：「在書房裡接見嗎？」

皮立那道：「不，在我臥室旁的小客廳。」

麥直路司緊跟著皮立那，皮立那道：「還好，我怕她起了疑心，不回到這裡來，她卻不知道昨天我已瞧見她，現在她可逃不了啦！」

麥直路司擔心道：「現在你清醒了嗎？」

皮立那道：「我已決心不使方夫人含冤自殺，因此不得不犧牲里文色。」

麥直路司道：「你不會後悔嗎？」

皮立那道：「不會。」

說時，麥直路司頷下突然挨了皮立那一拳，暈厥過去，皮立那用手帕塞住他的嘴，又綁住他的手足，把他推進暗室。

皮立那道：「請你在這兒待一會兒吧。」說畢，把門鎖上，瞧錶道：「我有一個鐘頭時間。好極了。」

這會兒他的打算是把佛路倫絲叫來，逼出口供，讓她寫下供詞，簽字畫押，等拯救方夫人的證詞拿到手以後，再看怎樣處置佛路倫絲。

他上樓，用冷水沖了頭，從未感到如此興奮。

他來到小客廳，掏出鑰匙，開了門，不覺大吃一驚，原來桑佛來那傢伙竟在屋裡。

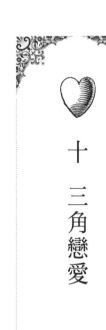

十　三角戀愛

皮立那倒退了一步，摸出手槍對準桑佛來，喝道：「舉起你的手，否則我要開槍了。」

桑佛來卻很鎮靜，對桌上放著的槍望了望道：「武器我也有，但我是來談話，並不是來動武的。」

「你是怎麼進來的？」皮立那怒道：「你是怎麼拿到鑰匙的？」

這時佛路倫絲來了，也不顧皮立那在一旁，直撲進桑佛來的懷裡，說道：「你不是答應我不來的嗎？快走吧！」

桑佛來道：「請妳允許我照自己的計畫行事。」說時俯身替女郎撥開覆額的金髮，女郎彷彿也被他的柔聲馴服了。

桑佛來又附著女郎的耳旁說了好些話，皮立那聽不清楚，卻按不下手槍的扳機，只是站著發呆。忽然樓梯有人聲，管家拿了一只茶盤，盛著一封信進來。

皮立那道：「有什麼事嗎？」

僕人道：「先生，一封急信，剛送來的，是要給麥直路司副探長的。」

皮立那道：「副探長和我在一塊，你把信交給我好了，如果沒有事，不許來打擾我。」

管家答應著去了，皮立那把信拆開一看，見是守在外邊的一個警長用鉛筆匆匆寫的，上面寫道：「當心，桑佛來已躲在屋裡！據對門的鄰居說，女秘書在一點半光景進去，接著她便在房間的窗口出現，不久，地下室的門被打開了，一個男子鑽進了地下室，應該就是桑佛來無疑了，只要你一發信號，我們就衝進去。」

皮立那看畢，才知道敵人進來的方法，便關門上鎖，拉了一張椅子，對著兩個罪犯坐下。

這間狹小的房間中，擠了三個人，幾乎碰著。皮立那和桑佛來相去沒有一碼遠，中間隔著一張長桌，上面堆滿了書籍，里文色旋轉她坐的椅子，背著燈光，皮立那瞧不見她的神色，厲聲道：「開口啊！我同意和你休戰，只是暫時的，現在你怕了嗎？你可懊悔嗎？」

桑佛來道：「我什麼也不怕，也不後悔來這兒，因為我有明確的預感，我們能夠，也應該互相理解。」

「我們互相理解？」皮立那身體一震，問道。

「為什麼不呢？我見你登報宣言方夫人無罪，先生，一切關鍵都在你『方夫人無罪』的一句話上，你真的認為方夫人是無罪的嗎？」

皮立那道：「你可瞧見報上我宣布方夫人無罪外，我還說真犯也將就捕。」

桑佛來道：「據你說，那罪犯是……」

「天吶！你們和我一樣清楚，那就是拄烏木手杖的人，女的不用說是他的共犯。他殺死總警長哀西尼，還曾企圖害我，像松溪路上的槍聲，翻車害死我的司機，昨天又在那間倉庫裡懸空掛了兩具骷髏，那柄可怕的鐮刀，差點就把我的腦袋砍去。」

「那又怎麼樣？」

皮立那道：「意思是他認識里文色小姐，也知道你在這屋中，他們已把這屋包圍了，副局長韋伯這時正在路上，向這裡來。」

桑佛來冷不防聽到這些嚇人的話，身子也覺不安起來，旁邊的女郎臉色也變得不成樣子，喃喃道：「不，我不能接受。」說時奔向皮立那道：「卑鄙的傢伙！你把我們出賣了。你像個劊子手，啊！多麼卑鄙！多麼陰險！」

她歇斯底里，大吵大鬧，鬧得沒有勁了，倒在椅子上，一手捂著臉抽泣起來。

皮立那不理睬她，絲毫不覺得她可憐，見他倆握著手，像是在患難中互相勉勵的一對好友，不由妒火中燒，便一把拖住桑佛來的臂膀說：「你沒有這種權利，她是你的妻子嗎？……」

他的聲音顯得侷促不安。他自己也覺得這通火發得十分奇怪。在那毫無來由的盛怒裡面，分明顯示出他以為已經泯滅的情意。看到里文色小姐驚愕地看著他，他臉一紅，似乎她看出了自己內心的秘密。

接下來是一陣長時間的沉默。

「好吧，」桑佛來道：「我就開始講吧。命中註定的事，要來就來吧！」

皮立那道：「你說吧，門已鎖好了。」

桑佛來道：「我的話很簡單，我和方維耳夫婦雖然是表親，時常通信，但並沒有會過面。直到五年前，他們那會兒請了工人修建松溪路的住宅，去那兒過冬，我們一起生活了五個月，他們夫妻常有齟齬，有一天晚上，吵得格外激烈，方夫人傷心得直哭，被我撞見了，我被她的眼淚打動，情不自禁地說出了心裡話，從我見到她的第一面開始，我就愛上了她……」

皮立那不信地道：「你說謊，昨天我親眼瞧見你們同由亞倫空乘火車回來，現在你卻說愛方夫人。」

桑佛來道：「我這些話原不希望你相信，方夫人也向我傾吐了心聲，但是要我發誓，除了純潔的友情，永遠不抱非分之想，我發了誓，於是我們過了幾個星期無與倫比的幸福日子。方維耳因為愛上了外面的一個歌女，常常外出不歸。小愛德蒙身體不好，我花了許多時間帶他運動。

「佛路倫絲也是由我推荐，在她家做保姆，她的來歷，說來也是很長。十五年前，我的哥哥在南美收養了一個朋友留下的孤女，託付給一位老保姆撫養。這位老保姆曾經帶過我，後來跟我哥哥去了美洲。老保姆把孩子帶回法國，交給我後，沒過幾天就死於一場事故。我便把女孩帶到義大利，她在那裡長大成人，在義大利當一位女教員，後來由我推荐給我的表兄，做愛德蒙的保姆，又成了曼麗的閨密。

「那時我把每日的情史記在一本日記本上，一天不知怎麼被方維耳發現了，便執意要和曼麗離婚，後來經曼麗幾度辯白，又允許永不和我再見，方維耳的怒氣才平息下來，同時佛路倫絲也辭去工作。此後我和曼麗便完全斷絕了，我也去遠方旅行，恢復我研究學問的生涯，曼麗和她丈夫在巴黎過著安樂的日子，可是堅不可摧的愛情仍把我們聯繫在一起，即使分開也罷，時間流逝也罷，我們的愛情都沒有減弱分毫。」

「後來呢？」皮立那問。

「後來，我在中部一個城市落了腳。佛路倫絲也做了你的秘書，她常私下與方夫人見面，但從沒有提起過我，我也不許佛路倫絲提起。大約一年前，我在魯而路找到一所樓房，便悄悄遷入。方維耳也不知道我已回來，這事只有佛路倫絲知道，我盡量深居簡出，只在晚上極僻靜的地方散散步。

「一個星期三的晚上，大約十一點鐘，我不知不覺走到松溪路，剛巧曼麗倚在窗口閒眺，看見我走過，肯定認出了我。我幸福極了，兩條腿直哆嗦。從此，我每逢星期三晚上就從她家經過。以後我每逢星期三，必然走到松溪路，曼麗也一定留在家裡，佇立窗前等待我。」

皮立那焦急道：「你快些講。」

桑佛來道：「有一天我正在散步，無意中被方維耳瞧見了，於是我只得遷居到里卻華倫路的一間小屋中，佛路倫絲去那兒見過我幾次，我十分謹慎，叫她不要來看我，甚至叫她把信不要寄到我的住處，只寄到郵局待領。我完全與世隔絕，直到警察帶著手下衝進我家逮捕我時，我才聽說方維耳已死的消息。」

皮立那質疑道：「我不信，這事發生已有兩個星期了，報紙、里文色都會報告你，你怎會不知道呢？」

桑佛來道：「這是有原因的，我不常看報紙，另一方面，發生命案的那天早上，我寫信給佛路倫絲，說我要出門三星期，但臨時我又改變主意，但她並不知道，以為我動身了，不知到了哪兒，所以她無從告訴我方氏父子被殺，曼麗被抓的消息。直到新聞報導烏木手杖人就是我而來逮捕我時，她還不知道我回來呢！」

「哼！」皮立那道：「你別想抵賴，跟蹤范洛警長到新橋咖啡店的，偷走他的信的，不是你嗎？」

桑佛來否認道：「那絕對不是我，我從沒有到過那個咖啡店，你得相信我的話，我發誓。我聽到曼麗因犯了暗殺罪而被捕的話，幾乎發狂，正是因為這點，我才出現一反本性的精神狀態，只存著一個逃的念頭，以為我一得自由，便可營救曼麗……」

說到這裡，他身子已經有些發抖。

「我在里卻華倫路逃脫一班人的追索後，轉過一個街角，佛路倫絲已駕車前來相救，她在兩星期裡，在日常唸給你聽的報紙上，得到一切消息，和你的談話中，得知曼麗唯一的敵人就是你，因為你在摩而登遺產事上，沒有我倆的干涉，對你更為有利。」

皮立那道：「什麼？」

桑佛來明白地道：「她知道你的真實姓名，她知道亞森・羅蘋什麼事都幹得出來的。」

這時大家都靜默了，皮立那和佛路倫絲四目相對，卻瞧不透她的內心。

桑佛來又道：「為了撕開亞森・羅蘋的假面目，因此佛路倫絲寫了你在線球內發現的那篇評論，請人發表在《法蘭西回聲報》上。那天早上她聽見你打電話給麥直路司，說快要把我捉住，於是她便冒險把鐵板放下，一面雇車來救我，但她來得太遲，警探們早已入屋捉我，但她在最危急的時候，還是救我出險，同時她告訴我，你在其中起的作用，我們就想了一個反擊的計策，好讓警方懷疑你是此案的同謀。

「在我送消息給警務總監的時候，佛路倫絲回去把我那半段手杖藏在你的沙發坐墊下。這事雖然沒有發生效力，但已顯示戰鬥已經開始。自從曼麗被捕後，我的心中，只有營救她並且置你於死地的念頭，因此我幾番圖取你的性命，預備把你和麥直路司送到鬼門關，不料反使司機枉死。

「我已經完全瘋了，佛路倫絲聽到噩耗，痛不欲生，終於使我答應她的請求不再殺人，我便改變計劃，只去想著怎樣策劃越獄，救出曼麗。好在我還算富有，便買通獄中的徧役，並且拿到一張探訪的證件，好隨時得到曼麗的消息，或是透過簡單的幾句談話安慰她。

「佛路倫絲昨天早上見你和麥直路司談話，便乘火車到亞倫空，我們在譚米尼村外，得到來其惱已死的消息，便決計去到來氏宅中一探。後來的事便是你知道的，你怎樣發現骷髏，怎樣聽見里文色碰倒東西的聲音，在我們出去時，你又開槍打中她的肩頭，傷勢雖輕，但她的恐懼已達到極點，你在勒門司見到我們時，她正熟睡著。」

說時湊近皮立那，細看他的臉色，問道：「你相信我的話嗎？」

皮立那道：「我不信。」

桑佛來斬釘截鐵地道：「你必須相信！今天早上，我從報上讀到不幸的她割腕自殺的消息，心如刀絞！這都是你造成的，我對您的仇恨頓時煙消雲散，敵人變成了同盟。我便預備等你回家，上門懇求你救她，因為只有你能做這事，望你看在上帝份上救救她吧！」

他說時流淚屈膝，身子發抖，佛路倫絲也低泣不已。

皮立那突然發現桑佛來說的話，他毫無保留地相信了，佛路倫絲也不像他原先認為的那樣，是個可惡的女人，而是一個心靈與相貌都美的女人。

「啊！但願還來得及！」皮立那嘆道。

桑佛來道：「但這屋子已被包圍了，我們怎麼辦呢？」

皮立那道：「我自有方法。」

這時正巧有人敲門，原來是管家，皮立那問是什麼事，管家道：「副局長韋伯來了。」

十一　陷阱

皮立那雖然早已料到，但仍表現的像不知情似的道：「他一個人嗎？」

「不，先生。副局長帶了人，都在院子裡。」

皮立那思索片刻，道：「你去告訴他，沒有找到我，準備去里文色小姐的房間找找看。也許他會跟你去，那樣就好了。」

他把門關上。回頭見佛路倫絲臉色已變，便對她道：「妳不要害怕，只要一切聽我的，就沒有什麼好怕的。」

女郎不答，皮立那明白她仍不信任自己，對桑佛來道：「你倆等在這裡，在我回來之前，無論是誰講什麼，你們都別開門，不久我就會回來。」

說完走出室外，把門鎖上，在第一層梯子口，望見院裡有六名警探。

「見鬼了，」皮立那想，「他守在這兒，事情就不好辦了。總之，去見見他再說吧。」

他穿過客廳，走進工作室。韋伯看見他，轉過身來。兩個冤家面對面地站著。

韋伯見仇人已到，帶著譏諷的口吻說道：「你的管家說，你在里文色女郎的房間，但仍不見你。」

皮立那道：「我是在樓上臥室裡，我的下人只能照我的吩咐講話。桑佛來和里文色被我雙雙縛住，口裡還塞住了，只等你去捉他。」

韋伯道：「你把他們禁閉了嗎？」

皮立那道：「是的。」

韋伯對皮立那的一番話，實在一個字也不相信。他從麥直路司和總監口裡，得知皮立那和里文色是一對愛人，雖然已發生了妒心，但絕不會因此把愛人犧牲了，所以更加注意地道：「現在可領我到你的臥室去了嗎？麥直路司人呢？」

皮立那道：「我已把那傢伙的武器解除，但麥直路司受了輕微的傷，現在他已到一家藥店去治傷了。」

韋伯道：「怎麼麥直路司不在你的室內看守囚徒呢？你那管家說……」

皮立那道：「那是管家弄錯了，他在你未到這裡前已經出去了。」

韋伯道：「那就奇了，我的部下都知道他還在屋內，沒有出去。」說時看著皮立那的神情。

皮立那道：「他們沒有看見嗎？那麼他在哪裡呢？他只對我說他去醫治傷口了。」

韋伯聽了，更加疑惑，心知這是皮立那要調使他去找麥直路司，使他暫時離開，便道：「那藥店離這裡不遠嗎？我可差個人去找他。」

皮立那道：「就在巴根路轉角，我們可以打個電話去問他。」

韋伯也道：「不錯，我們可以打電話去。」

這時韋伯真是忙極了，既想去打電話，又要攔住皮立那的去路，皮立那悄悄地退到電話機邊，取下聽筒，一面拿剪刀把電話線剪斷，一面假裝說道：「喂，二千四百零九號，你是藥房嗎？副探長麥直路司可在那裡？怎麼，他傷處中毒嗎？」

韋伯聽說麥直路司傷口中毒，急忙推開皮立那，並且作勢不許他走開，一面問道：「喂，我是副局長韋伯，副探長麥直路司，他在那裡嗎？喂，你怎麼不答應呢？」

說時一眼瞥見電話線已被割斷，臉上便現出奇怪的神色，知道受了愚弄。

這時皮立那站在他背後，靠在一扇木門邊，左手放在後面對著他微笑作勢道：「不要動！」

韋伯見了那副笑容，像是害怕得很的樣子，果然不敢動。

皮立那又道：「我不會傷害你，只是請你小坐一會。」說完，用手把牆上機鈕一按，就有一扇鐵板掉了下來，便把副局長關在裡面了。

皮立那先把會客室和屋子的門反鎖，然後走回工作室，關上通往客廳的門。

韋伯在裡面拚命捶門，大聲叫喊著。

「副局長，你叫喚是無用的，讓我來代替你吧！」說畢，用手槍開了三響，一顆子彈從窗上玻璃穿出去，皮立那急忙離開書室，從一扇小門中溜了出去。過道通往前廳的門十分高大。他打開門，藏在門後面。

外面的六名警察聽見槍響和人聲，一齊衝進樓內，可是客廳門關上了，只有一條過道，過道盡頭傳來副局長的呼喊聲，警察奔向過道。皮立那輕輕地把門推上，關緊，像別的門一樣鎖好，六個警察也被關在裡面了。

「都成甕中之鱉了。」皮立那低聲道：「少說要五分鐘他們才能明白處境，才會去開門，然後砸門出來，而五分鐘後，我們早就跑遠了。」

這時皮立那見司機和管家一同奔來，便各給每人一千法郎，又對司機道：「你去發動車子，不要讓人攔阻去路，如果我能順利脫身，會給你們每人兩千法郎，你們且在這裡等我。」

說完，不慌不忙地回到樓上，興奮地道：「好了，你們現在可以走了。」

他打開門，不覺嚇了一跳，室內竟杳無人跡。

他張嘴結舌道：「他們怎麼走了？」

皮立那向四下看了看，發現牆上有一個窗口，窗口靠著一塊木板，木板下隱隱地有一個小梯。皮立才明白這厚牆裡定有一條地道，通往一個去處，使佛路倫絲和桑佛來能這樣自由地進出這所屋子，但他們為什麼不告訴我呢？難道還懷疑我嗎？

正想時，見桌上有一張紙，取來一看，是桑佛來匆匆寫下的，上面寫道：「我們不希望你受牽連，所以先走了；如果我們被捕，一切都寄託在你的身上了。」末後又有佛路倫絲的註筆：「援救曼麗。」

皮立那看完，說道：「他們不照我的話行事，一定會失敗的。」

樓下，警察撞門想出來。在門被撞破前，也許他還來得及跑到車上，循著佛路倫絲和桑佛來逃走的路線找到他們，在他們遇到危險時出手援助。

於是，他跨過窗台，把腳踏上梯級，爬了下去，借助電筒光，他鑽進一條十分狹窄，僅能側身而過的通道。沿著通道下去，發現有一道光亮。原來他來到一個壁櫃裡。壁櫃下面是一張床，他驚奇地發現，這是佛路倫絲的房間。

這一回他明白了。出口並不隱密，因為它通到波旁宮廣場，可是卻很安全。佛路倫絲就是從這裡把桑佛來引進她的房間的。

他穿過前廳，下了幾級台階，走到離配膳房幾步遠的地方，下樓梯到了屋子的地窖。晦暗之中，有一道矮門，是經過路障的唯一通道，上面開了一個小窺視孔，透出一絲亮光。他摸著了鎖。終於出來了，他打開門。

「媽的！」他罵了一句，往後一跳，順手把門一碰，鎖上了。

兩個穿制服的警察正守在出口。一見他出來，就準備撲過來，虧他縮回得快，沒有捉住。

這兩人是從哪裡來的？佛路倫絲外和桑佛來脫逃時，沒有撞見他們嗎？還是已經被捕了？

「不對。」他想：「他們跑出去以後，出口才被封鎖的。他媽的！輪到我逃的時候，就沒有那麼容易了！難道我要像個兔子，叫人在窩裡活活逮住？」

這時韋伯出來了，邊走邊叫嚷還比劃著道：「很好，他是甘司冬・桑佛來，你們在哪裡捕到他的？」

一個警長答道：「在廣場的地窖門口。」

「那女的呢？」

「那女的沒有瞧見，因她先出去了。」

「皮立那呢？」

「五分鐘前，他想從地窖中出來，但又退了回去。」

韋伯歡呼道：「這樣我們有正當理由可以逮捕他，他不但有拒捕的罪名，而且還是共犯。現在派兩個人看守桑佛來，四個人帶槍把守門外，兩個人上屋頂，其餘的人跟我來，我先去查抄里文色的房間，然後再查抄皮立那的。」

韋伯等人未到里文色房間前，皮立那早已到達了。他查看那扇機關小門，沒有損壞，想來那班警探們也不會找到，於是他鑽進秘密通道，上了第一段樓梯，沿著牆裡的通道，爬上通往三樓小客廳的樓梯。探頭進屋仔細檢查後，他發現活門做得嚴絲密縫，根本看不出來，於是又放心地縮回腦袋，關好活門。

過了幾分鐘，他聽見頭頂上一片喧嚷，那些人進屋搜索來了。

五月二十四日下午五點，局勢變成這樣：桑佛來被捕入獄，佛路倫絲・里文色被通緝；方夫人在獄中拒絕進食。皮立那雖然想去營救，卻被困在自己的屋子裡，摩而登那筆遺產，他也沒有希望得到了。

十二 困獸

時光很快地過去，這時已是午夜。皮立那覺得又累又餓，於是走到里文色房間裡的那口大櫥裡，按機關開了櫥上的門板，正想跨出去找些食物來吃，忽然聽得隔室有人道：「麥直路司，你昨天在這裡一晚，沒有新消息嗎？」

皮立那聽出是警務總監的聲音，心想好險，幸虧櫥板沒有發出聲音，於是再留心聽他們的談話。

只聽麥直路司道：「沒有消息。」

總監道：「那麼這人到哪裡去了呢？」

有人說道：「我肯定的說，這人除了會飛，否則絕逃不出這屋子。」說話的是副局長韋伯。

總監道：「你得明白，這是國務總理的意思，羅蘋是不能捉的，因他已成了正直的人，非但沒有幹壞事，並且對我們有好處的。昨天他割斷電話線的事，你只當他是和你開玩笑，國務總理也贊成我這樣的說法。」

韋伯道：「據我看來，這並不是玩笑。」

總監道：「他在你的面前，敢幹下這樣的事，足見他膽子很大。麥直路司，今天早上你叫人把電話修好後，這兩間房間搜查過了嗎？」

麥道：「正是。」

總監道：「里文色這個女人，我看不是個好東西，她和桑佛來、皮立那究竟有什麼關係呢？你們在她的字紙裡，沒有發現什麼嗎？」

麥直路司道：「沒有，都是些生意來往的信件和帳單。」

韋伯道：「我卻發現一樣東西，這本《莎士比亞全集》樣子和別本截然不同，裡面原來是藏文件的地方。」說時指著這本書給總監看，又道：「裡面的文件都在這裡，請瞧！」

總監接來看畢，說道：「這是證實里文色罪狀的鐵證，由此皮立那知道發信日期的來源。」

韋伯道：「這裡有一張紙，上面寫的是：『記著，爆炸將在午夜三點鐘發生。』你看怎樣？」

總監道：「依照這張表寫的，爆炸該在第五封信發現時進行，這話皮立那也說過，但時間多著呢！現在只出現了三封信，今夜是第四封信出現的日期，並且轟掉一所住宅，不是件容易的事。」

韋伯道：「請您仔細看看這張鉛筆繪的圖。這一個大方框裡套著許多大小不同的方形長方形的框框，不正像是一幢房子的平面圖嗎？這裡是前庭，進去便是住宅，僕役室，里文色的房間，從這裡起有一個小的紅十字，有一條細小的虛線，向著那大宅子，那裡還有一處像是煙囪，也許是櫥櫃吧！」

總監道：「這虛線大概是一條通那大宅的夾巷，你看那頭還有一個小紅十字。」

韋伯道：「我們將來再確實考查吧，現在我已派人在二樓的一間小室中看守著，若我的看法沒錯，皮立那出路中的一條，已被我塞住了。這次他放走了里文色和桑佛來，我被他捉弄，差不多無論誰都已知道，想你一定允許我捉他的吧！否則我可要辭職了。」

總監笑道：「隨你處置了，因為這是皮立那自己不好。電話接通以後，給我往署裡打電話，報告有什麼新情況。今晚，你要去松溪路的方維耳公館。別忘了第四封信要來。」

韋伯道：「第四封我想因為皮立那被圍困，是不會出現了。」

總監道：「可別只管懷疑皮立那。」

皮立那把這番話聽得一清二楚，便輕輕地退入地道，心想如果從那一頭出去，那不是自己送死嗎？

剛站住腳步，聽見櫥板上有敲擊聲，嚇得退了下來，走向另一頭去，這時他餓得頭暈眼花，頭上的響聲愈來愈大，只得走到那一頭，想要頂門出去，但上面仍有著腳步聲，知道這裡也失敗了。忽然一聲大響，接著一陣人聲從通道裡傳來，心知不妙，便用電筒向四下一照，見梯子那邊的石牆上缺了一大塊，可容一個人蹲伏，於是急急地滅了電筒，挨身藏了進去。

皮立那在閃爍的燈光裡，瞧見麥直路司和韋伯等已經進來，便用力抵住那個缺口，不讓他們瞧見，不料那石板經他一靠，竟漸漸地轉動起來，皮立那跟著跌了進去，那石板漸漸轉了回來，恢復成原來的樣子。

只聽見外面麥直路司說道：「這是地道的盡頭了，你瞧那邊不是一扇門嗎？我想他在我們未來前早已逃跑了。」

韋伯道：「不錯，依著地勢的推測，這地道必和二樓平行，那頭的紅十字，該指著二樓的梳洗室，那裡我已派人看守著，倘他從那逃去，那可要被捕了。」

這時他飢餓交加，連神智也昏沉起來，直睡到了晚上八點鐘才醒來，心知這裡很危險，便想離開這裡，於是把那石塊推了幾下，但一點也不動，牆上的碎石紛紛落了下來，把這地方又占狹了些。皮立那更加著急了，他心想：難道我就這樣被活埋了不成？

這時他因飢餓到了極點，知覺漸漸地消失，昏厥過去，口裡還不住地念著「佛路倫絲，曼麗。」

十三 準時爆炸

五月二十五日的夜晚臨近時，警務總監和秘書長、偵探長，以及韋伯和麥直路司等人，在晚上十點鐘時，聚集在方維耳的家中。另外的房間以及屋外和花園，都有警員奉命看守著。

到了十二點鐘，總監喝了兩杯咖啡，在室內來回地踱著，又吩咐各處的門和電燈都開著，麥直路司反對道：「總監，你前次不是已試過了嗎？要那信出現必須在黑暗中。」

總監道：「我想再試一試。」

總監心裡也有些疑心，到了深夜，大家有些不耐煩起來了。

將近一點的時候，二樓上響了一槍，接著響起一陣吆喝。一摸情況，才知道是兩個警察巡邏，走了一圈回來，竟沒有認出對方來，其中有一個朝天放了一槍示警，鬧出一場虛驚。

這時夜已深了，外面看熱鬧的人少了一些，總監便解除禁令，准許圍觀者可以走近些。

麥直路司道：「總監，好在今天離爆炸還有十天，否則我們都很危險。」

總監道：「今夜倘未發現信，那麼十天後還沒有爆炸的事哩！」

說時已經兩點十分了，忽然電話鈴聲大作，總監急忙取下聽筒，問是誰打來的，只是那邊的人說話聲音模糊不清；總監又問是誰，那邊告訴了他名字，竟使總監聽了大吃一驚，道：「請你說清楚些，你是誰？……什麼？你是皮立那嗎？你要幹什麼？」

那邊問：「現在是什麼時候了？」

總監道：「你問這個做什麼？你現在在哪裡？」

「我在書房的天花板裡，就在鐵板上面。」

總監道：「在天花板裡嗎？」

皮立那道：「正是，我快要悶死了。」

總監道：「那麼我叫人來救你嗎？」

皮立那道：「且慢，你快告訴我，現在是什麼時候了？」

總監道：「三點差二十分。」

皮立那驚道：「三點差二十分嗎？那麼大家快離開！因為根據韋伯給你那張紙上的宣言說，第四封信以後十天，就是今天，因為前面推遲了十天，就是今晚三點鐘，這所屋子便將爆炸，你們快撤退吧！」

他還說了幾句話，但總監沒有聽清楚，接著通話就斷了。

韋伯道：「總監先生，他真是魯意・皮立那嗎？」

總監道：「正是，他躲在書房的天花板裡似乎跑不出來的樣子，麥直路司，你去放他出來，倘你怕他施詭計，那你帶了拘票去。」

麥直路司面色發青，靠近總監道：「他不是說快要爆炸了嗎？」

「麥直路司隊長，別囉嗦了，你以為我們都要服從那位先生的怪念頭的支配？」

麥直路司忍不住叫道：「總監先生，這不是怪念頭，我和他共過事，瞭解他的為人，他預告一件事情，一定有他的理由。我懇求你聽他的話，走吧！」

總監道：「你是要我逃跑了？」

麥探道：「這並不是逃走，總監先生。這只是以防萬一，我們不能冒這個險。」

「夠了！」總監先生厲聲道：「你要是害怕，趕緊去執行我的命令，去皮立那的公館。」

麥直路司腳跟一併，擺出老戰士的架式，行了個軍禮。

「總監先生，我留在這兒。」他原地一個轉身，回到他原來在一旁的位子上。

室內寂靜，總監在房間裡踱著步，對偵探長和秘書長說：「我想，你們同意我的意見，對吧？炸彈這東西須得有人來扔，平空怎會落到人家頭上來呢？」

「和信的來路一樣。」秘書長大膽說道。

總監道：「怎麼，你也這樣說麼？」

秘書長沒有回答。

總監心裡也有些不安起來，焦急和時間一樣一分一分地增加，幾番取出錶來看，只見剩十二分鐘，十分，八分，七分，六分了，麥直路司遠遠地跪在地上做禱告。

一會兒，總監覺得皮立那在電話裡的忠告到底不可忽視，終於下令吩咐：

「撤吧！」

總監命探長吹哨，齊集那批警探，令他們一齊退出，然後將門關上，再對那些外面管制的刑警道：「快叫圍看的人群退後，你們站遠些，半點鐘後，我們再行入室。」

「只差兩分鐘了。」

「皮立那說的是三點，不是兩點五十八分。如果沒有發生爆炸，我就要朝自己的腦袋開一槍。我幹了這樣荒謬的事，沒有臉活下去。」

他穿過馬路，登上對面的山坡，後面跟著警察局長、秘書長和麥直路司。

不多時，哪個地方的鐘敲響了三點。

總監道：「什麼也沒發生！」又低聲抱怨道：「真蠢啊！真蠢！」

更遠的一座鐘也敲響三點。接著，附近一家酒店樓頂上也響起鐘聲。只是三下還沒有打完，便陡然聽見「轟」的一聲，好像天塌下來一般，對面的屋內磚石橫飛。

總監喝道：「快打電話，讓消防隊趕來滅火。又吩咐麥直路司：「你快坐我的車子去找皮立那，見了他，把他領到這兒來。」

「我要帶逮捕證嗎，總監先生？」麥直路司道。

「逮捕證？你瘋了！」

「可是韋伯副局長要是……」

總監道：「這事有我負責，他將無話可講。」

麥直路司坐了總監的汽車，趕到皮立那的住所，見樓下有三個人輪流坐守著。麥直路司便自顧到樓上。走進書室開了電燈，不見半個人影，連喚了幾聲主人，也沒有人答應。

他想起皮立那曾打過電話，多半離此不遠，一看電話聽筒仍好端端地掛在繩上，走到電話亭裡，把電燈開亮了，見上面破碎的天花板上掛著一隻手，便跳上一張椅子，一摸那手還是溫溫的，這才放了心。

只聽見低低地一聲呼喚道：「麥直路司，是你嗎？」

「是的，你沒有受傷嗎？」

那人道：「沒有，只是我餓得厲害，在我書桌左邊第二只抽屜裡，有一塊巧克力，你快去拿來給我，我實在太餓了。」

麥直路司依言取來給他，皮立那吃了，不久果然精神恢復了許多，欣喜地道：「現在好多了，你再到廚下去替我取些麵包和水來。」

麥直路司道：「那麼你等一會兒。」

皮立那道：「且慢，你回來時，可從里文色的臥室和那道機關小門的梯子邊，轉動那壁間的石板，挨身進洞來救我出去。」

不到十分鐘，麥直路司爬進洞內，把皮立那拖了出來。

皮立那道：「爆炸發生了嗎？」

「發生了。」

「三點鐘整嗎？」

「正是。」

「那麼總監當然吩咐……眾人退出室外了？」

「正是。」

皮立那又問道：「想必是在最後一分鐘才退出的，是嗎？」

麥直路司答道：「正是。」

皮立那笑道：「我料到他非在危急的最後一刻絕不肯服輸，你一定急死了。」

一小時後，皮立那已在享用麥直路司替他預備好的早餐和炸雞了。吃完說道：「我們走吧！」兩人便趕到松溪路。

現場圍觀者十分擁擠，兩人下了車，穿過人群，到了那座砲臺上，麥直路司道：「你且等一會，我去稟明總監去。」

皮立那從曉色裡望見對面爆炸後的殘址，有幾處天花板已經下陷，從窗子裡可以望見那些殘破的東西，園子裡和馬路上堆著破碎的家具，有警察們看守著，但屋子裡的燈仍是通明地開著，這可怪了。

這時麥直路司回來了，說道：「跟我來。」說完便領著皮立那走到方宅的書房裡去，只見地板一部分被炸毀，幾間房子的天花板塌落了，看來，爆炸的結果倒沒有想像中的嚴重。

皮立那的出現引起一陣騷動。總監立即迎上前來，對他說道：「萬分感激你，你救了我們的命。你的料事之明，也不用我來讚譽了，這裡的人都深深地感謝你，至於我，是第二次要感謝你了。」

皮立那道：「謝倒不用謝，只是須請你允許我把任務完成。」

「完成任務？」

「對，總監先生，昨夜我的行動才是個開頭，還得釋放方夫人和桑佛來兩人才算完成。我的請求不算過分吧！」

「這兩個人有沒有罪，可不是我一句話就可以決定的。」

「當然，可是我如果證明他們是無辜的，您保不保護他們，就取決於您了。」

這時，大家都屏息靜氣，等待皮立那說出真相。他對爆炸所作的預報，使大家認為他每言必中。這些多虧他才倖免於難的人，對他所作的斷言，哪怕看上去不像真的，也都幾乎當作事實來接受。

皮立那說：「總監先生，昨夜，您等那神秘的第四封信可是白等了，然而一個神奇的巧合，使我們得以目睹信是怎麼送來的。到時候您就會知道，送信的人，正是製造那幾起謀殺案的人，而且您還會知道他究竟是誰。」

說畢，對麥直路司道：「你去把窗簾拉上，再關了門，這樣這裡便會變暗室了。

這電燈是偶然開亮的嗎？」

「正是。」

「你們誰有手電筒嗎？哦，不必，燭臺上還有洋燭。」說完，點亮了蠟燭，關滅了電燈，室內半明半暗，風吹燭火，搖晃不已。

皮立那護住燭光，把它移到一張桌上，說道：「依我看，幾秒鐘後，自然可以完全明白了，並且比我口說的還要真切。」

說畢，室內默然，總監也不覺好奇起來，呆呆地望著皮立那，見他坐在桌沿上，眼睛盯在天花板，正在吃著麵包和巧克力糖。

默靜了三四秒鐘，還是一無動靜，大家有些心焦起來，忽聽得皮立那叫道：「來了。」

大家跟著皮立那的目光向上看去，只見一封信從天花板上晃晃悠悠飄然而下，信從皮立那身上擦過，落到桌底下。

皮立那急忙拾起，遞給總監道：「總監先生，這就是預備在昨夜送到的第四封信。」

十四　一死明冤

總監茫然不解地看看皮立那，又望望天花板。

皮立那道：「這不是幻影，上面沒有什麼人往下扔信，天花板上也沒有洞。其實，只是有個小小的機關罷了，說出來很簡單。麥直路司，現在你可把窗簾拉開，使室內光亮些。」

麥直路司依言照做，皮立那走到一個角落，把剛才工人留下來的人字梯搬到房間中間架好，爬了上去，伸手可及吊燈。

這具吊燈有一個鍍金的大鋼圈，下面吊著水晶墜子，裡面是一個銅三角，三隻角上分別裝著一個燈泡。電線藏在銅三角後面。

他掏出電線，把電線剪斷，接著把吊燈卸了下來，又叫麥直路司幫他把電燈架取下。

這電燈架的分量倒也不輕，眾人仔細看時，只見燈架上面有一個四方形的鐵箱，總監問：「這鬼東西是幹什麼用的？」

皮立那道：「總監先生，您親自把蓋子打開看看。」

總監便把箱蓋掀起，見盒子裡面有齒輪，發條，一整套複雜而精密的機械裝置，極像了一架時鐘的機芯。

皮立那伸手進去，取出一個零件，是一只自動機器，會轉出字條來，在天花板和鐵箱接合的地方，上面有一條溝槽，槽邊又有一封信，皮立那道：

「這就是第五封信，吊燈中間本來還有一個燈泡的，現在卻移走了。因此，五封信都是裝在盒子裡，由一個鐘錶機芯驅動的機械裝置，在設定的日期，將它們一封一封推到隱藏在燈泡和水晶墜子之間的齒槽，並且拋下來。」

總監道：「雖然這個做得很巧妙，只是我還是不明白，這屋子自從出事以後，都有人看守著，他們做這事，怎麼沒人知道呢？」

皮立那道：「總監先生，這個問題很容易回答，因為這個吊燈是在警察看守之前就裝上去的。」

「那就是說，在謀殺案發生之前？」

「對，在謀殺案發生之前。」

總監想了一想，又問道：「但那信既是方維耳的親筆，怎麼還控告他的夫人，難道那信是假的嗎？」

皮立那道：「這不是假的，因為，誰都知道這是方君的手筆。這計畫就是一個報復手段，我曾聽過桑佛來的供狀，所以此後我的思路都是跟著這個想法追究下去，加上我聽到海泡方維耳是個機械師，因此我才意會到遞信的方法，一定是運用機器的方式。」

總監質疑道：「但信件每次出現的時間卻是參差不一呀！」

「這是因為信落下的時候，跟開著燈還是關了燈有關，而且正是這個細節向我提供了謎底。出於謹慎，信只能在黑暗中落下……我們今天已經看到了，那就是有一個裝置，阻止它在開著燈時落下。顯然，我們面對的是一個自動推送裝置，它靠一個時鐘機芯的驅動，按事先調定的時刻把信推出來，而且只在電燈關著的情況下！這東西既是藏在這間屋子裡，信件又是方維耳的親筆，你想除了方維耳自己，還有誰做下的呢？」

總監道：「這樣說來，方維耳的信是有意陷害他的夫人和她的情人了。」

皮立那答道：「正是。」

總監思索道：「方維耳受了暗殺的恐嚇，如果暗殺實現，罪便歸到他的夫人和情敵的身上，這樣看來，他的報復是為了兩人的情愛而起的，所以他這樣布置，好使他倆犯下暗殺自己的罪名？是嗎？」

皮立那道：「正是。」

總監道：「那麼方維耳竟做了暗殺自己的共犯了！但我仍很懷疑，因為他到我這裡來的時候，那時你也見到他了，他只想著一件事，就是如何不死。你想，他到了這個地步，還有膽子去設下陷阱，去害他夫人和她的情人嗎？」

皮立那道：「這案情我來詳細地解釋一番吧！在暗殺案發生的三個月前，方君寫了幾封信給一個已死的朋友，名叫來其惱。這些信付了郵，又不知怎樣被他在半路上截了下來，把信面的郵戳和住址擦去，放在一個做好的機關裡。使他在死後的兩星期間出現第一封信，以後每隔十天出現一封。

「他探知他的情敵每在星期三的晚間必在他家窗下經過，夫人也必在窗口等候那人，所以在一個星期三，他打發夫人到戲院和攸新琴的家裡去，他卻把一切都預備好了。末後他又寫信給你，請你援助他，說有人在謀害他，但請你在次日早上才去。你想，那時他不是已死了嗎？這時他以為一切都很順利，不料中間又來了一個范洛警長，他奉了你命令去調查摩而登的後嗣。他和方維耳的情誼怎樣，我們雖不能知道，但我可以假定范洛警長在這裡丟了一塊留著齒痕的巧克力糖，並且從方維耳的口裡探知了他的計畫，這是從他臨死的幾句話裡聽出來的。

「范洛原把這個計畫寫在一封信上，但經方維耳發覺了，深怕他破壞自己的計畫，因此將他下了毒，又改扮成桑佛來的模樣，在新橋咖啡店掉換了警長的信。他知道桑佛來的住址，所以故意在路上問了幾個人到火車站的路，意思是叫路人作證他就是桑佛來。事畢又到警署，假托求你援助，實則是來探聽范洛警長生死消息的。

「我和麥直路司到他家裡，他顯得很慌張，深恐我們破壞他的計畫，但他既一切安排好了，豈肯為了這小小的原因而中止，所以當晚仍用看戲和赴約的話將他的夫人遣了開去，這晚下人替他預備的水果裡，有一盤蘋果，他卻沒有吃。末後他在鐵櫃裡顯露了他的日記後，我和麥直路司便退到走廊裡，這樣，書房裡只有他一人，便可任他所為了。

「事前他又模仿桑佛來的筆跡，寫了一封信給他夫人，約在離他家不遠的地方相會。所以那晚十一點鐘，在方夫人赴會之前，又在那裡徘徊一小時，同時桑佛來照例在方夫人的窗口徘徊，這樣一來，他倆被巡警瞧見了，謀殺的罪名還能推到誰的身上去呢？再有那蘋果中有一粒，有方夫人的齒痕留著，這又是一個鐵證。等到那些控告他們的信一發現，他們還能辯白麼。所以我可以說方維耳的擺布，是精細到無可挑剔的了。

「總監先生，你可記得在保險櫃裡發現我那戒指上的翡翠嗎？我當時曾說，只有四個人能瞧見撿到，他也是四個人中的一個。」

總監道：「方維耳雖然確知這晚將被人暗殺，但你兩人在走廊守望了一夜，又有誰能謀害他們父子呢？」

皮立那道：「除了方維耳自己，還有誰呢！」

眾人一聽這話，立即提出抗議。

總監駁斥道：「你說了一大篇話，看似頭頭是道，得出的結論卻是荒謬不堪。」

皮立那道：「我的話聽來雖然好像違背天理，但誰能說方維耳的行為能夠用正常的理由來解釋？你只要瞧他那副慘白的臉色，誰曉得他是不是已經患上絕症，知道自己大限將到了呢？」

「夠了，我再說一遍。」總監叫道：「你說的都是假設。我要的卻是證據。只要你舉得出一個證據就行了。我們等你拿出證據來。」

「總監先生，喏，這就是證據。」

「啊？你說什麼？」

皮立那道：「這裡有一封封口的信，裡面寫著實行暗殺的日期時刻，是三月三十一日午夜十一時，還有海泡方維耳的簽名，是我在移去燈架時取出的。這燈架的位置，恰恰裝在方維耳兒子的臥室上面，他只要在兒子的房裡掀起板子，便可達到他自製的機關裡。」

總監一把抓過信封，迫不及待地拆開來看，一邊看時，一邊大罵道：「啊！混蛋！世上竟有這種魔鬼！多可怕呀！」

他因為又驚又怒，聲音變得低沉，顫著唸道：

我的目的達到了，我的大限來臨了，我把愛德蒙哄睡了，他是不知不覺在睡眠中死的，毒藥的痛苦也沒把他喚醒。現在，我也將投入墳墓。我很痛苦，然而，我又感到無限幸福。

四個月前，我和愛德蒙同赴倫敦，我懷恨那女人，她也厭棄我，我去向一位名醫求診，我的懷疑被證實了：我患了癌症。同時，我也知道，我兒子愛德蒙和我一樣，也踏上了黃泉路，他患了結核病，無可救藥。

當天晚上，我腦子裡生出報復的想法。這是多麼痛快的報復啊！我能使那對情人受盡苦楚，直到身死。什麼牢獄啦、苦工啦，末後還得上斷頭臺，證據確鑿，使他們有口也難辯。所以我很快樂，我死的時候，他倆的受罪也開始了，那麼比將來病死，使他們開始快樂要好得多了。

現在我得定一定神，一切多麼靜寂，屋外有警探們在視察我的暗殺案。曼麗因了我那封假造的情書，正前往那個地方守候，同時她的情人也正在窗下徘徊，等候她的倩影出來。誰料得到這對傀儡是由我在操縱的呀！哈哈。

今天早上，我對范洛警長下了毒，又扮了桑佛來暗暗地跟隨他，還有那個蘋果，她雖沒有咬過，卻有她的齒痕。我寫信給那死者來其惱，也是我小施詭計。我更發明了一個機器，能把這些信按時次第送到。這樣，他倆的一切都已完了。

想到這裡，我竟不自知地笑了。我能斷定這秘密沒有人會揭穿，幾星期後，他倆的罪定了，所有的信都進了警署，一到五月二十五日半夜三點鐘，機關一動，一切都全部毀滅了。這裡有我那本日記本，毒藥瓶，注射針，一根烏木手杖和范洛警長的兩封信，總之，凡是能夠搭救他們的東西都會毀滅，這有誰知道呢？除非那牆壁和天花板沒有被炸掉，或者有個萬能的人識破了這個機關，取出這最後的一封信，這封信正是為這人寫下的，明知道這人不會出世，我還顧忌什麼？那時他倆冤沉海底，有誰知道？這封信也就歸於塵土了。

這就是結局！我不得不停筆了，因為痛得寫不下去。

那紙越到後面，筆跡越亂，越看不清。總監瞧著那紙，低聲念道：「海泡方維

耳……哦，這廝倒在這最後一口氣裡，還有能力很清楚地簽下字呢！」

他望著皮立那道：「查出真相真的需要不同一般的洞察力和天賦，我深為佩服。這個瘋子所作的解釋，完全印證了你先前的推理，絲毫不差，令人驚異。」

皮立那鞠了一躬，對這番誇獎不作回答。

總監又道：「現在最要緊的，就是趕快營救方夫人，我還得告知法官，註銷她的罪名。」

說畢，總監和皮立那、麥直路司三人便坐了汽車去了，到聖拉扎爾監獄門口，總監跳下車來，立即衝向通往醫務所的走廊，走上二樓，正好遇見典獄長。

總監也不說別的，只問道：「方夫人在哪裡，我要見她。」

典獄長一聽這話，卻露出慌亂的神色。

總監忙問什麼事，典獄長道：「我已打電話到署裡，你們不知道嗎？」

總監道：「究竟是什麼事？」

典獄長道：「方夫人在今天早上服毒死了。」

總監聽說，急拉了典獄長往方夫人的病房奔去，皮立那和麥直路司跟在後面。

踏進病房，只見方夫人躺在榻上，蒼白的臉上和肩膀上現出一塊塊褐斑，和方維耳父子、范洛警長身上發現的一樣。

典獄長道：「這個小瓶和注射管，是在她的枕頭底下發現的。」

總監道：「在她的枕頭底下嗎？怎麼會到她手裡去的呢？是誰給她的呢？」

典獄長道：「請恕罪，這個我們倒還沒有查明。」

總監對著皮立那呆呆地不響了。

過了兩天，又有一件驚人的消息，原來桑佛來在獄中用被單將自己縊死了，在他身旁的桌子上，發現不少的新聞剪報，上面滿載方夫人自殺的消息，他從哪裡得到的，是誰給他的，仍然沒有人知道。

十五 不知名的後嗣

在爆炸慘劇發生後的第四天晚上，一個穿著長外套、駕出租馬車的車伕，按響皮立那家的門鈴，說有一封信要交給皮立那，侍者把他引到二樓的工作室。

那客人也不及脫衣，便快步走向皮立那，說道：「主人，這一次真的糟了，趕快收拾行李動身吧，而且要快。」

皮立那卻不慌不忙地道：「麥直路司，你吸雪茄呢還是香菸？」

麥直路司正色道：「主人，這可不是和你開玩笑，你看了報紙沒有？自從桑佛來和方夫人一同自殺後，報紙上眾口一詞都說摩而登的遺產已沒有人從中作梗了。主人，你明白這話是什麼意思嗎？那筆遺產由誰來繼承？只有皮立那了。」

皮立那道：「那些真是奸徒呀！」

麥直路司道：「韋伯在警署的走廊裡正是這樣罵你的，總監雖感激你的救命之恩，也記得您給司法機關幫了大忙，在國務總理范能來氏而前對你讚揚有加，但這有什麼用呢？決定事態的不僅是總監一個人！不僅是國務總理一個人！還有警察局，檢察院，法官，新聞媒體，尤其是大眾輿論。大眾輿論等著查出罪犯，這個罪犯不是您就是佛路倫絲・里文色。」

麥直路司說到這裡，見皮立那面不改色，不覺失望道：「老實告訴你，明天早上，你將被傳喚到法官面前受審，無論怎樣說，都會送你進牢獄去，這個是你那仇敵對付你的手段。」

皮立那仍很安閒地道：「你到那邊沙發底下去看看。」

麥直路司過去一看，沙發下面，有一個大皮箱。

「我用里各克的名字，在里服里路一百四十三號租了一間樓房，十分鐘後，等我打發下人們去睡了，你可把這皮箱替我送到那個地方去。」皮立那道：「我等了三天，就是因為沒有可靠的人替我送這皮箱的緣故。」

麥直路司聽了，呆呆地問道：「你決定走了嗎？」

皮立那道：「既是你告知我有危險，我怎麼還能不走呢？我之所以把你安插進警署，正是想要你幫我打探對我不利的情報呀！」

麥直路司望著他，越來越吃驚。

皮立那早已看出方夫人和桑佛來一死，形勢將發生變化，還是躲一躲為好。而他之所以沒有動身，是希望得到佛路倫絲・里文色的消息，既然女孩執意保持沉默，皮立那就沒有理由冒著被捕的危險再等下去。

日子一天天過去，麥直路司不時來看皮立那，並把在監牢內探聽得的消息報告給他。他查得桑佛來在被捕以前，曾賄賂一個女監病房裡來往送東西的小販和方夫人通消息，心想：難道這個毒藥瓶和注射針也是從這裡送進去的嗎？還有那記載方夫人身死的報紙，又是怎樣送進男監去的呢？

總之，各人都在暗中摸索，總監呢？本要依照那張遺囑上所說，在立囑人死後至少四個月，由他召集繼承人開會，現在他卻改在下星期開會，這真是奇怪極了。開會前，那班有關係的人都不耐煩地等著，只有皮立那卻每日在陽臺上抽菸或是吹肥皂泡。

麥直路司見他這樣安閒，便道：「你怎麼這樣自在，人家公開指控您有罪，你還不替自己想想辦法，又不去替方夫人和桑佛來伸冤，卻在這裡吹肥皂泡。」

皮立那道：「沒有比這更讓我感興趣的事了，這是消遣中最妙的玩意兒呀！」

麥直路司道：「難道你在這案子中已找出什麼頭緒來了嗎？」

皮立那不回答。

時間一小時一小時過去，他卻總是不離陽台。現在，他又多了一件事，扔麵包屑餵飛來的麻雀。確實，對他來說，案子似乎也到頭了，事情進展十分順利。

到了開會那天，麥直路司帶了一封信來見皮立那，說道：「這裡有一封信，外面寫明是給我的，可是裡面的信封上寫著您的名字，主人，這是什麼意思？」

皮立那道：「這很容易，敵人因為不知道我的住處，但曉得我們關係密切，所以借你來傳給我。」

麥問：「哪個敵人？」

「晚上告訴你。」皮立那道，拆開信封，見上面用紅墨水寫著道：

亞森・羅蘋：你現在退出戰場還不算遲，否則，等著你的也是死路一條。倘你再不覺悟，自以為得勝了，當我掐住你的咽喉，呼出勝利的口號時，你的一切便完了！你的死亡地點已經選好了，墳墓也已經做好，小心些，亞森・羅蘋。

皮立那微微一笑：「來得正是時候，事情有眉目了。這信你從哪裡得來的？」

麥直路司道：「是一個住在太納士路的警察拿給我的，據說他也是由隔鄰一個人給他，叫他送到我這裡來的。」

皮立那聽了，跳起來道：「你認得那個人嗎？」

麥直路司道：「他在太納士路一家療養院裡當差。」

皮立那道：「我們快到那裡去問問他。」

兩人到達太納士路療養院的時候，已是下午一點鐘光景了。

有一個男下人來開門，麥直路司用手推推皮立那，皮立那知道那人就是送信的了，在麥直路司盤問下，那下人承認今天確到警署裡去過，說是這裡的女院長叫他去的。

麥直路司問：「是女院長叫你的嗎？」

「正是，這裡還附設一間由修女管理的醫院。」

麥直路司道：「那個院長，我們可不可以會見她？」

「可以，只是現在她不在這裡。」

麥直路司問：「她幾時回來？」

「不一定。」說完，便引他們到會客室裡，兩人等了一小時，還不見他回來，進出的都是些病人和看護們。看護們全身穿白色制服，腰束皮帶。

麥直路司道：「主人，我們在這裡做什麼？豈不是浪費時間？」

皮立那道：「你怎麼這樣性急，你的情人在等你嗎？我們的時間不會浪費。總監那兒的會要五點才開。」

麥直路司道：「你要去參加會議嗎？」

皮立那道：「我為什麼不去參加？」

麥直路司道：「可是那邊已有一張拘票在等著你了，你若是去了，他們便會拘捕你。」

皮立那道：「拘票不過是一張廢紙！」

麥直路司道：「就是廢紙，他們也得實行拘捕，你若參加會議，豈不是有意去激怒他們嗎？」

皮立那道：「那我的缺席就會被看作招供了，一個繼承了兩億元遺產的人在得到好處的一天是不會躲藏的，因此，我必須出席會議，否則，我就會失去權利，所以我一定要去。」

麥直路司正要開口，忽然一個看護婦經過，掀起門簾，驚叫一聲，飛也似的沿著一條走廊逃去。

皮立那趕緊在後追趕，過了走廊，又有一扇大門，花費許多時間，總算把門開了，只見自己站在上下兩個梯子中間，皮立那走下梯子，來到一個廚房，他抓住廚娘問道：「剛才有個看護婦，可是從這裡出去的？」

廚娘道：「那個新來的求曲羅嗎？」

皮立那道：「是的，快說。」

廚娘指道：「從這邊出去的。」

皮立那拔腿就跑，門外便是太納士路，麥直路司也跟了出來，皮立那望見那邊聖費達南廣場上，有一輛汽車正在發動，便急忙攔了一輛出租車，吩咐跟隨那輛汽車。

麥直路司道：「是佛路倫絲嗎？」

皮立那道：「是的。」

「佛路倫絲在這家療養院出現，證明是她命令僕人給我送來這封威脅您的信的。是佛路倫絲操縱整個案件！這一點，您和我一樣清楚，還是承認吧！十天來，您也許出於愛戀，認為她是無辜的，但今天，事實終於擺在眼前。你瞧，那輛車已停了。」

皮立那一看，果然已經停了，里文色從車中走出，四下一望，換坐一輛馬車，向聖拉扎爾車站飛馳而去。

皮立那的車子暗暗地跟隨著。不多時，見她已在候車室的盡頭在買票了。皮立那一看火車時刻表，知道一分鐘內有一輛快車開出，便喚麥直路司道：「快把你的名片給那賣票的看，再打聽那女郎買了什麼票。」

不多時，麥直路司回來道：「她買了往魯昂的二等車票。」

皮立那道：「你也去買一張。」

他們趕到月台上，看見佛路倫絲已經上車，火車也將開行，皮立那道：「快上車跟著，你到了魯昂，打個電報給我，我晚上趕去與你會合。千萬別讓她溜走，她是很狡猾的，你知道。」

麥道：「你為什麼不一起去呢？」

皮立那道：「不，如果我同去，便會趕不上會議的。」說完把麥直路司推進車廂，列車啟動了，很快就開進隧道不見了。

皮立那回到候車室內，裝作看報，足足坐了兩小時，心裡不住想著那佛路倫絲到底有罪無罪。

五點鐘到了，警務總監的辦公室裡已到了幾個人，亞司多里伯爵、李百多和美國使館的秘書官。

這時接待室裡走出一個人，拿出一張名片，交給接待員，接待員接過名片，掃了一眼，立即回頭望了望在一邊談話的那群人，問來者：「請問先生可是被邀約來的？」

來人道：「你只要去通報，說是魯意・皮立那來了。」

這時人叢裡走出副局長韋伯來，兩人四目相對，皮立那現出和悅的微笑，韋伯卻板著臉，四肢發著抖，卻竭力鎮靜，後邊站著四名偵探和兩個新聞記者。

皮立那道：「天吶！這些人都是來對付我的。不過，看他們吃驚的樣子，證明他們認為我不敢來。他們會抓我嗎？」

這時韋伯卻不動聲色，露出得勝的臉色，好像在說：「這會可被我找到了，你還逃得了嗎？」

接待員在這時替皮立那引路，到了韋伯面前，皮立那對他深深地一鞠躬，又對那班偵探們點點頭，走了進去。

亞司多里伯爵見了他，立即起立去握皮立那的手，表明任何流言都沒有損害他對外籍軍團戰士皮立那的尊重。不過總監這時卻抱著冷靜的態度，伸手摸著一疊紙據道：「各位，我們今天又像兩月前一般的來共議摩氏遺產案，今天的會議，可說是沒缺一人，雖然秘魯參贊卡歇爾氏因病重沒有到場，但他的出席不是必要的。」

皮立那忽然說道：「還有一個人沒有到。」

總監遲疑了一回，問道：「你說是誰？」

皮立那道：「就是暗殺摩氏繼承人的凶手，總監先生，你可允許我詳細地說明一下案情？」

總監低頭默許，皮立那接著道：

「總監先生，首先，我們已經掌握了方維耳的供狀裡，為什麼不提及摩氏財產一事。總監先生，一切的關鍵都在這句話裡。方維耳的供狀裡沒有提及這事，正因為他不知道有這麼一回事。桑佛來對我說的話中，也一樣沒有提起遺產的事。還有方夫人和里文色也都是一樣。我已說過，方維耳的動機，完全出在報復的念頭。你想，他如果知道自己有繼承這麼一大筆財產的權利，怎麼還會自殺？所以我判斷除了方維耳外，還有一個罪犯在暗中作怪，並且這人也是摩氏的後嗣，我既不是這人，那麼定有另一個方維耳的後嗣存在著了。

「他私開李百多存放遺囑的書桌抽屜，又私入摩而登室內，拿毒藥換了注射用的藥水；又冒充醫師的名義檢驗已死的摩而登，並發給假證書；又把毒藥拿給方維耳，先後害死范洛警長和方氏父子，並號令桑佛來，三次圖害我未成，卻誤殺了我的司機，並趁桑佛來和女監病房通信的機會，送進毒藥和注射針，使方夫人能達到自殺的目的；再把記載方夫人身死的報紙，設法遞進男監，使桑佛來也葬送在他手裡。總監先生，別的都不論，他暗殺了一位富翁和四個繼承人，他不是第五個繼承人還是誰？」

總監驚訝道：「你說什麼？」

皮立那道：「我推測的結果，他將到這裡來，因為遺囑上說明，繼承人只有出席今日的會議，權利才能生效。」

總監厲聲追問道：「如果他不來呢？」

皮立那道：「那你就可把我當作這案的罪犯，在五六點鐘時，你能在這裡看到他，以常理判斷，不是他就是我，你等著吧！」

總監道：「不，這人既犯了這樣多的罪名，哪裡還敢到這裡來送死，他又不是笨蛋。」

皮立那道：「不，他到這裡來是人們料想不到的，他並不覺得有什麼危險，況且，他有什麼冒險呢？」

總監道：「如果真的話，那許多暗殺罪……」

皮立那道：「他沒有直接幹任何一件事，他只是指使別人行事，所以人家不會疑心到他。也因為沒有證據，可以指控他的地方極少，只能依道德上的罪名指控他，所以法律也不甚容易制裁他。」

這時，有人敲門，總監說了聲進來，接待員用茶盤盛著一封信和名片進來，總監把名片上寫著的來意一看，頓時變色，驚呼了一聲，回頭問接待員道：「那送信人還在嗎？」

「在候見室，總監先生。」

「我一搖鈴，你就引他進來。」

接待員出去後，總監仍呆呆地站在書桌邊，皮立那也有些焦急起來，只見總監拆開信來讀道：

總監先生，我偶然接到一封信，才知道羅素家族還有一個不知名的繼承人。直到今日我才收集到證明其身分的文件，所以到這最後的一刻，才派這個有關係的人送這緊要文件來。這件事情，我只是偶然介入，其實與我無關，我只希望置身事外，並不妨礙別人的秘密。因此，我認為不必在這封信上簽名，敬請總監先生原諒。

總監念完，大家默然。

總監搖了搖鈴，接待員便引那眾人急欲一睹的不知名的後嗣進來，這人是誰？原來就是佛路倫絲・里文色小姐。

十六　功虧一簣

這時的皮立那不覺也懷疑起來，心想佛路倫絲不是他親眼見她乘火車到魯昂去了嗎？照理在晚上八點鐘以前絕不能回到巴黎，怎麼會現身在這兒呢？

只有一種解釋，就是當她發覺有人跟蹤的時候，故意引我到車站，然後從這邊進了車廂，卻從另一邊下車。

但她到這裡來，便是她犯罪的證據呀！想到這裡，便跳過去抓住女郎，厲聲道：「妳到這裡來幹什麼，為什麼來的時候不告訴我？」

總監趕過去拉開兩人，皮立那道：「總監，錯了，她不是我們要等的人，另外還有一個人躲在背後，她是不會……」

總監道：「不錯，我對這女子本沒什麼懷疑，只是我得問她到底來幹什麼，這是我的職責呀！」

說畢，命那女郎坐下，自己也坐了下來。

皮立那直瞧總監，佛路倫絲也只是對他們兩人流注著驚奇的目光，她現在已不穿護士的衣裙，穿著一件灰色長掛，身材和舉止依舊很鎮靜端莊，總監問她的來意，她便道：「我是受人差遣送信來，並不知道有什麼事。」

總監道：「妳不知有什麼事嗎？」

女郎道：「這些文件，是一個我最敬重的人託我送來的，那些文件，好像對你們今天開會所商議的事有關。我一接到這些文件便立刻趕來了。」

總監微笑道：「依信上的話，這些文件似乎在證明妳是羅素家的後嗣，那份遺產，妳有充分的權利得到它。」

女郎道：「不，我並沒有權利，我根本不認識摩而登，你可能弄錯了。」

總監道：「把那些文件給我。」

女郎便從她的手袋裡取出一個未封口的藍色信封，裡面那些文件的摺痕已經有些破裂，十分陳舊。

總監接過來看了好久，又用顯微鏡照看了一會兒，說道：「上面印著官署的印鑑，表明它們是真的。」

女郎吃驚道：「那麼，總監先生……」

「小姐，您說您不清楚此事，實在讓我難以相信。」總監又回過頭來，對律師道：「我且把文件上的內容略述一遍，甘司冬・桑佛來原來是摩而登第四順位繼承人，如你們所知，有一個比他年長許多的哥哥，名叫羅耳，住在阿根廷。這位哥哥在逝世之前，曾把五歲的女兒託一位老乳母照料，送回歐洲。這女孩便是他和里文色生下的私生女，當時里文色小姐在布宜諾斯艾利斯當法語教師。

「這裡有她的出生證明，上面有她父親的親筆簽名，還有保姆和三個做商人及律師的朋友做證，也在上面簽了字；另外有她父母的死亡證明，每件證明上，都蓋著法國領事館的官印，件件合法。因此，我應該把佛路倫絲・里文色看作羅耳・桑佛來的女兒，甘司冬・桑佛來的姪女了。」

女郎低低地道：「我是甘司冬・桑佛來的姪女嗎？」說時想起從前和叔父親熱的情形，而現在叔父已死，不禁流下淚來。

皮立那忽然悟到女郎此番來，可是要被捕的，便喚了聲「佛路倫絲」，女郎卻沒有回答，皮立那道：「佛路倫絲，妳得明白現在妳所處的地位是多麼危險可怕。照推測，誰到這裡來請求接收遺產，那人便是嫌犯；現在妳既到這裡，又是摩氏的後嗣，妳要替自己辯白嗎？」

女郎身子發抖，臉色慘白，抬起一雙淚眼望著他。

「你的意思是，如果我不反駁，就是接受了指控，是嗎？」

「對。」

她顯得極為痛苦，美麗的臉都叫恐懼扭曲變了形。

總監見女郎沒有說話，便在桌上按一下鈴。皮立那仍很注意的瞧著女郎。不久韋伯進來了，後面隨著他那些跟班，總監指指女郎，不知說了些什麼。

佛路倫絲瞧了瞧那班人，知道不好，便倒退幾步，倒在皮立那的懷裡，大呼：「救我！求求你。」

叫喊聲讓人清楚地感到她受冤枉的驚愕與恐懼。皮立那心裡一股熱流頓時滾滾湧出，把所有的懷疑、猶豫統統淹沒。他大叫道：「總監先生，不要這樣！有些事還不算數……」

他緊緊抱著佛路倫絲，親熱地說道：「我愛妳，佛路倫絲，哦，我真的很愛妳，佛路倫絲。」

總監打了個手勢，韋伯走開了。這時總監先生很想看看這兩個人究竟在玩什麼把戲。

過了一會兒，皮立那鬆開雙臂，把佛路倫絲放在一張椅子上，把手搭在她的肩上說：「我明白這些事不是妳幹的，另有一個人在指使妳，命令妳，連妳自己也不知被引到什麼地方去，可不是嗎？」

女郎道：「不，我不明白有什麼命令。」

皮立那道：「妳絕不會獨自幹這些事，有些事情妳以為不甚要緊，不明白做了之後的嚴重性，妳仔細想一想，可有人見妳將要變成富翁而很關切妳嗎？你是他的朋友？未婚妻？」

「哦！絕對沒有！我可以肯定。」

他醋意大發，對總監道：「總監先生，這封附著文件的來信，上面雖沒有簽名，但我已知道這是太納士路私立醫院院長的筆跡，現在你可立刻趕到那裡去，押著里文色同去對質，便可得到真相，事不宜遲，倘給那惡徒起了懷疑，他便會逃走了。」

總監道：「不必，里文色小姐會告訴我的。」

「她不會開口的，至少，她要等那個男人在她面前露出真面目才會開口。啊！總監先生，請您像前幾次那樣相信我，我的話不是都已應驗了嗎？方夫人和桑佛來雖然是清白的，最後卻含冤枉死，難道現在你還要把里文色小姐也犧牲掉，像那兩個人一樣？再說，我所要求的，並不是釋放她，只是保護她，可叫韋伯押解她，再派幾名警員和我同去，但人數不要太多，恐怕那惡徒聞風逃走。」

總監遲疑了一回，把韋伯拉到一邊，交談了幾分鐘，似乎已贊同皮立那的提議，只聽韋伯道：「總監，放心好了，不會有危險的。」

皮立那便和佛路倫絲與韋伯和兩名探員一起坐上一輛汽車，另一輛汽車坐滿警察跟在後面。到了目的地，警察把療養院團團包圍住，韋伯又增加了一些預防措施，把療養院更是圍得水洩不通。

進了候診室，院長立即遭到傳喚，總監當著皮立那、韋伯和佛路倫絲的面，單刀直入，立即開始盤問：「院長，這封信是有人帶到總署交給我的，裡面都是一些證明文件，但信上沒有署名，筆跡也是假冒的，聽說是你寫的，是不是？」

院長不慌不忙道：「不錯，我不願讓人提及我的名字，再說，重點只是送交那些文件，現在你們既然知道是我寫的，你們有什麼疑問，我都可以回答。」

總監看了里文色一眼，問道：「這女郎妳可認識？」

院長道：「認識的，佛路倫絲在數年前曾在這裡當了六個月的看護，我對她很滿意，八天前她又來這裡，我便再度雇用她。我在報紙上瞧過她的新聞，所以叫她改了姓名，由於療養院的員工都換過了，所以她在這裡很是安全，對她來說，這是個安全的避難所。」

總監道：「妳既知她的新聞，可知道人家控告她的罪名嗎？」

院長道：「這些指控都是無中生有的，凡是瞭解佛路倫絲的人都這樣認為，她是我遇到過靈魂最高尚、心地最善良的人之一。」

總監道：「我再問妳，那些紙據，你是從哪裡得到的？」

院長答：「昨天我在臥房發現一封匿名信，信上說，那人要把有關里文色小姐的證明文件交給我。」

「別人怎麼可能知道她在這家療養院裡？」總監先生打斷她的話。

院長道：「那我可不知道了，那信上只約定在今天早上，由本人到凡爾賽郵局去領取，外面是寫明寄給我的，又命我不可對人說這件事，指定在今天下午三點鐘，轉遞給佛路倫絲，令她立刻送到警務總監那裡，還有一封信，是命我寄給麥直路司的。」

總監道：「給麥直路司的嗎？怪事。」

院長道：「正是，那信和這事大約也有關係的吧，再說，我很喜歡佛路倫絲，就派人送了那封信。今天早上我還去了凡爾賽。那人沒說假話，文件都寄到了郵局。我回到院裡，發現佛路倫絲不在，她到四點鐘左右才回來，這才把文件交給她。」

總監道：「它們是從哪裡寄來的呢？」

院長道：「巴黎，信封上蓋著尼耶大道郵政所的郵戳，那是離這兒最近的郵局。」

總監道：「您在臥房裡發現匿名信，不覺得奇怪嗎？」

院長道：「是呀，不過這件事本身的所有插曲更讓我覺得奇怪。」

總監瞧了瞧里文色的神色，道：「匿名信在佛路倫絲的屋子裡發現，又正好與住在這院裡的一個人有關，你難道不會疑心那人……」

院長叫道：「啊！總監先生，佛路倫絲絕對做不出這種事的！」

這時佛路倫絲雖沒做聲，但露出了驚慌的神色。

皮立那上前對她道：「佛路倫絲，秘密漸漸地揭穿了，究竟是誰往院長房裡放的信？你是知道的，對吧？你知道是誰在操縱整個陰謀，對嗎？」

女郎仍是不回答，總監回頭向韋伯道：「探長，你到里文色的臥室裡去搜查一下。」

院長反對。

總監道：「我們要明白她這樣沉默的理由，這是不可免的。」說完便叫佛路倫絲自己領路，韋伯跟著出去時，皮立那忽然道：「當心些，副局長！」

「當心，為什麼？」

皮立那道：「我也不知道，只是警告你。」

韋伯不等他說完，便聳聳肩跟著院長去了。

到了客堂裡，又叫兩名探員同去，佛路倫絲在前面，上了一個樓梯，過了一條長的廂樓，轉彎又是一條短狹的甬道，盡頭便是她的臥室。

那扇門是向外開的，佛路倫絲走上前去開門，因為門是向外開的緣故，她向後退了幾步，韋伯也跟著退後，佛路倫絲趁機一個箭步跨進門，便把門隨手帶上，這一切發生得那樣快，以致韋伯想扳住門卻撲了個空，氣得直跺腳。

韋伯怒道：「她這是想去毀滅證據呀，那房間可有別的出口？」

「沒有，先生。」

韋伯使勁拉門，可裡面鎖上了，並且加了閂，他招呼一個大漢，一拳打破一個洞，便一手推開大漢，扳去門閂，開了門進去，但哪裡還有里文色的影子，只見對面開著一扇窗，那女郎必是從這裡逃去的了。

韋伯一面嘆著晦氣，一面走到樓梯上，大聲喊道：「快把守各處門戶，她逃走了。」

這時總監也已上樓，韋伯把情形報告了一遍，便走到房裡，見那扇窗外，是一個小小的天井，靠牆有幾根水管，那女子想是由這裡下去的。

警察在一樓和地下室尋找佛路倫絲的蹤跡，不久，得知她從天井爬到她樓下的房間，那正是院長住的。她在那兒拿了一件修女袍罩在身上，借助這身偽裝，即使混在追捕她的人群中，人家也認不出來。

警察們又衝到外面。可是夜幕已經降臨。在這個人來人往的大眾街區，又怎麼能找得到她？

總監很不滿。皮立那因她逃走，破壞了計畫，所以也也十分沮喪，忍不住埋怨韋伯笨拙：「副局長，我已經提醒您了，您得小心防備！看里文色那副神態，就知道她會幹出什麼事來。顯然她認識罪犯，想去和他會合，問個究竟，現在一切都完了，那惡徒見已被人發覺，還有什麼事幹不出的呢？」

總監再次盤問院長，得知佛路倫絲在來療養院避難之前，在聖路易島一家小公寓住過四十八小時。

儘管這線索不怎麼重要，卻還是不能忽視，警察總監對佛路倫絲十分懷疑，認為抓獲她至關重要，囑咐韋伯和他手下立即循著這條線索前去查訪。皮立那隨同前往。

查訪的情況立即證明警察總監的安排果然正確。佛路倫絲確實來過聖路易島，並用化名訂了房間。可是她剛到，就有個小孩子來見她，把她帶走了。

韋伯他們進房間檢查，發現有一包報紙包的東西，打開一看，是一件修女袍。因此，肯定是她無疑。

到了晚上，那幼童被找到了，他是本區一個看門女人的兒子。他問那孩子把佛路倫絲帶到哪兒去了，可是那孩子不肯說出來，無論他的父母打呀罵呀騙呀，他也不供出她的下落。

韋伯沒法，便在一個電報局裡做了個臨時機關，以便得到各處的消息。根據研判，佛路倫絲沒有離開聖路易島或者聖路易島附近。

不久，總監又派了一班偵探來，給韋伯使用，剛從魯昂回來的麥直路司，也氣沖沖地趕來。到了十一點鐘，仍是沒有一些消息。皮立那也焦急起來了。

兩名探員打聽離此不遠，有個亨利四世碼頭，一輛出租車停在一座房子前，他們聽見屋裡傳出爭吵，接著汽車就朝萬塞納方向開走不見了。

大家朝亨利四世碼頭跑去，很快找到了那座房子，底層有一道門直接通往人行道。出租車幾分鐘前就是停在這兒的。

從一樓出來兩個人，一男一女，女的是被男的拖著走的。出租車門關上時，聽到男的在裡面吩咐：「司機，聖日耳曼大道，沿河馬路開，轉入凡爾賽路。」

不過看門女人提供的情況更準確。底層的房客她只見到一次，就是當天晚上，他用匯票付房租的時候。

匯票上的簽名是夏爾，房客很長時間才回來一次，因此她覺得好奇。

她的房間挨著他的套房，她就專心聽他房間的動靜。只聽見男的女的在吵架。有一陣子，男的叫得特別響：

「和我一起走吧，佛路倫絲，我希望這樣。明天一早我就拿出所有證據，證明我是清白的，你要是不肯成為我的妻子，我就上船離開這裡。我都作好了安排。」

過一會兒，他又大笑起來，說：「怕什麼，佛路倫絲？是怕我殺死你？不會的，不會的，你放心……」

下面的話，看門女人就沒聽到了。不過有這幾句，足以證明皮立那並不是無緣無故地擔心了。

皮立那抓著副局長的胳膊，說：「上路吧！我早知道那傢伙什麼事都幹得出來，那是隻老虎！他會殺死她的！」

離這裡五百碼的地方，有兩輛警署裡的汽車停著，皮立那便拉韋伯趕去。

麥直路司反對道：「還不如先到屋子裡去調查一下，或許有什麼線索可找到。」

皮立那一邊拉著他，一邊道：「屋子是不會走掉的，那凶徒卻已挾著里文色去殺害她了。」

走到汽車前，便吩咐司機道：「讓我來開吧！」

說完正想跳上去，韋伯一手推開他道：「不必麻煩你了，司機是老手，開得比你快。」便和兩名探員推了他進去坐下，麥直路司和司機同坐，皮立那大喊道：「凡爾賽路。」

汽車便飛快地開駛了。皮立那在車子裡還不住的說道：「我們要逮住他！機不可失，時不再來，他車子開得雖然快，但不知我們在追著他呀！麥直路司，你可坐到另一輛車裡去，司機，你開快些呀……」

說到這裡，他忽然怔住了，見自己坐在探長和一名探員中間，便起身向車外一望，急道：「咦，這司機不是在發瘋嗎？不是這條路呀！」

回答他的是一陣笑聲。韋伯只是發笑，樂得不可開交。

皮立那待要開口咒罵，又忍住了，費了好大的勁，想跳出汽車，卻早被六隻手按住，動彈不得。副局長揪著他的領口，兩個警察按住他的手，接著，一支手槍冷冰冰的，正頂著他的太陽穴。

韋伯喊道：「住口，不然便轟穿你的腦袋，哈哈，這就是我報復的手段呀，哈哈！你沒想到有這一天吧？」

看到皮立那還在竭力掙扎，韋伯恐嚇道：「別動了，記著，我呼出三個數字，便得開槍了，一，二……」

皮立那道：「到底是怎麼一回事？」

韋伯道：「這是總監的命令，剛才接到的。」

皮立那道：「是總監的命令嗎？」

「正是，他說倘佛路倫絲再逃走，便將你拘捕。」

皮立那道：「你們有拘票嗎？」

韋伯答：「當然有。」

皮立那道：「拘捕我之後，打算如何處置呢？」

韋伯道：「送上法庭，關進牢獄。」

皮立那勃然大怒，眼見汽車開進看守所的院子，猛地挺起身子，奪下副局長的槍，一拳把一個警察打昏。

可是門口早有一群警察擁上來，任何反抗都無濟於事。他明白這一點，怒火更盛。

「一群白癡！」他罵道。

那些警察把他團團圍住，通體搜查了一遍，他嚷道：「一堆成事不足敗事有餘的傢伙！哪有這樣辦案的？那罪犯就在附近，伸手可及，卻放他逃走，反把一個正派人抓起來！」

在燈光底下，他像一頭野獸，用力推開那些探員們，向麥直路司道：「快到總監那裡去，請他打電話給國務總理范能來，說我有事見他，我的名字他已知道，否則總監也會告知他的。」過了一會兒又道：「只要說亞森・羅蘋要見總理，有要事要面告總理，讓總監立即打電話。要是總理日後知道我的請求沒有轉達，準會十分生氣的。快去，回來再找那惡徒還不算遲。」

這時典獄長打開了登記簿，問皮立那叫什麼名字，皮立那道：「你就把亞森・羅蘋這個名字寫上就得了。」

典獄長笑道：「你要是讓我寫別的名字，我倒真覺得為難，可這個名字，正好是拘票上寫的亞森・羅蘋。」

皮立那一聽，不禁打了個寒噤，知道用亞森・羅蘋的名義逮捕他，是把他的危險地位又更增加一層，因又向麥直路司道：「麥直路司，可別忘了我剛才囑咐你的話。」

麥直路司只是不答，皮立那仔細一看，不覺嚇了一跳，原來麥直路司團團被人圍住，牢牢抓著，可憐的他已急得在流淚了。

韋伯得意地道：「羅蘋，恕他不能遵命，因他也將隨你入獄，只是不在同的地方罷了。」

皮立那道：「麥直路司也要入獄嗎？」

韋伯道：「正是，這裡有張拘票，也是總監的命令，我們不能違反。」

「他有什麼罪名？」

「亞森・羅蘋的共犯。」

皮立那道：「我的共犯？笑話，他是世上最誠實的人！」

韋伯道：「不錯，是世上最誠實的人，可並不能禁止人家把寫給你的信寄給他，也不能禁止他把信交給你。他知道你躲在什麼地方，這就是證據。」

皮立那安慰麥直路司道：「老友，別哭，我擔保，在明天準教你我回復自由，你還能得到一個更好的職位，放心吧！」

又向韋伯道：「先生，我剛才拜託麥直路司的事，現在就託你代庖了吧，只說我有緊要消息，要面見報告總理，還有，今晚快趕去凡爾賽去打聽惡徒的消息，探長，我素知你辦事十分能幹、熱心，明天十二點鐘再見吧！」

說罷，他仍然像一個發號施令的長官，讓人領進牢房。

這時是半夜十二點五十分，敵人帶著佛路倫絲，像帶著一件戰利品，在大路上逃竄有五十分鐘了，心想：「就算總監先生肯替我打電話給總理，也非到明天早晨不能回復自由，這樣惡徒更多了八個鐘頭的時間，要從敵人手上奪回佛路倫絲更是難上加難了，唉！」

他聳聳肩，一副只好等待的無奈表情，決定拋開一切，倒在囚床上睡去了。

十七　大漠豪俠

皮立那雖說向來很能睡，這一夜卻只睡了三個鐘頭就再也睡不著了。

他心裡總擔著心事，深恐有許多阻礙破壞他的計畫，心想囑咐韋伯的那些話，不知總監是否會照辦。

「他會來的！」他帶著堅定的信心叫道：「他會來的！哪怕是出於好奇……想聽聽我到底可能告訴他什麼，再說，他瞭解我！我可不是平白無故打擾人家的人，和我見面總可以得益。他會來的！」

即使皮立那把他說服了，危險仍然不少！仍有那麼多疑點！仍可能有許多讓人失望的事！韋伯會迅速勇敢地追蹤逃犯的汽車嗎？會找到線索嗎？即使找到了，會不會再度漏失掉呢？

再則，就算運氣十分好，可時間會不會太晚呢？他們向猛獸發起攻擊，可在此之前，牠會不會殺死手上的獵物呢？既然覺得自己輸了，那樣的傢伙還會顧忌在自己的罪行清單上再增加一項殺人罪嗎？

對皮立那來說，這是最可怕的事。

在他樂觀的充滿信心的想像中，他克服了一個又一個障礙，最後卻看到這樣一副慘景：佛路倫絲被殺害了，佛路倫絲死了！

他只關心佛路倫絲的安危，每過去一分鐘，佛路倫絲就向那可怕的危險走近一步。

「佛路倫絲！佛路倫絲！」

這時他才知道自己是多麼愛佛路倫絲，他發現愛情在他生命中所佔的位置，他對豪華生活的渴望，對權力的需要，他的野心，統統都無法與之相比。

兩個月來他進行的戰鬥，只是為了把她征服。查明真相，懲罰罪犯，只是把佛路倫絲從威脅她的危險下解救出來的辦法。

如果佛路倫絲會被殺害，如果為時已晚，不能把她從敵人手中奪過來，那不和坐牢是一回事嗎？

正在這時，忽然有一名看役開門進來。皮立那恭敬地道：「有勞國務總理久候了。」

忽然瞥見走廊裡有四名探員，便道：「這幾位大概是護送我的了，朋友，這個金幣給你做酬勞，煩你傳報西班牙的親王，亞森・羅蘋來參謁。」

說畢走到走廊裡，忽然停住說道：「我從昨天到現在沒有修過臉，又沒有手套，怎樣去參見呢。」

那四名偵探硬拉了他便走，天井裡早有一輛汽車停著，皮立那便和四名偵探跨了進去，偵探吩咐開往維尼路，便把窗簾拉下了。因此皮立那在那裡面，連時間都無法知道，到了總理的邸中，皮立那才從一個鐘架上，瞧見已是六點三刻了。

總理的住宅，是一所小的平頂樓房，裡面有一座花園，園裡養著些禽鳥，園門對面，有一個石級通著書室，裡面積滿著書籍和圖畫。

皮立那由一個老婦引進了書室，不久鈴聲一響，老婦又進來領了一些人出去，只剩皮立那，他心裡很焦躁，不住瞧著那時鐘。

過了一會，便有兩個人進來，皮立那認識走在前面的即是警務總監，後面的是國務總理范能，總監那張布滿皺紋的臉上，對著皮立那微笑，說道：「你倒沒有改變，只是稍黑了些，你現在有什麼要求嗎？」

皮立那道：「請先告訴我，韋伯副局長可曾找到載里文色離開的那輛汽車？」

總監道：「那輛車到了凡爾賽後，車中人又另雇了一輛車，到南特去了。」

皮立那道：「那麼請你釋放我。」

國務總理笑道：「此刻嗎？」

皮立那道：「最多在三十或三十五分鐘之內。」

總理道：「為什麼？」

皮立那道：「去把那暗殺摩而登及范洛警長和羅素一族的凶犯逮捕到案。」

總理道：「只有你能捕到他嗎？」

皮立那道：「正是。」

總理道：「那些警探們消息很靈，想那惡徒是逃不出巴黎的。」

皮立那道：「警探們只能使他把佛路倫絲成為第七個犧牲者，卻找不到凶徒的。」

總理停了一會，又道：「依你說，那女郎雖有種種嫌疑，實際卻是清白的，現在有被殺的危險，是嗎？」

皮立那答道：「正是。」

總理又道：「你愛佛路倫絲・里文色？」

「是的。」

總理聽了，很是詫異，心想亞森・羅蘋也會戀愛！而且自己還承認了，這是多麼有趣的奇事！

皮立那一指時鐘道：「總理，時候不早了。」

總理笑道：「不幸得很，總監在昨晚接到一個控告狀，並附有詳細證據，指你就是亞森・羅蘋。」

皮立那反抗道：「無論誰都不能證明亞森・羅蘋現在還活著。」

總理道：「但魯意・皮立那也未必活著。」

皮立那道：「魯意・皮立那在法律上是存在的。」

總理道：「只不過是問題上有些爭議。」

皮立那道：「誰？只有一個人有這個權利，可是他如指控我，就把自己也斷送了，我想他不會這樣愚蠢。」

總理道：「他很狡猾呢！」

皮立那道：「他不是秘魯參贊卡歇爾嗎？」

「對。」

總理道：「正是。」

皮立那道：「他不是在外旅行嗎？」

總理道：「可以說是在外潛逃！他因私用了使館中的公款，所以被通緝，法律上已成為逃犯了。他在出國前給我們寫了一封信，這信已在昨晚接到，裡面還附著你和他來往的信件和各種收據，證明你冒名魯意・皮立那的事實，無論誰一瞧那信便知道你不是皮立那，而是亞森・羅蘋。」

皮立那氣得一跺腳，怒道：「那笨伯卡歇爾，不過是一個傀儡，另外卻有一個人躲在他背後，收買他，讓他行動。就是那凶手本人。我識破了他的手法，他已不止一次想謀害我了。」

總監道：「我很願意相信你的話，但照那信來說，若是再不逮捕你，那些資料的原件，將在今夜送到巴黎的一家大報館裡去刊登，所以我們只得暫時聽從他的話。」

皮立那道：「可是，總理先生，現在卡歇爾既在外國，凶徒不能實行他的恐嚇政策，也已逃了，因此，不必擔心那些文件送到報館了。」

總理道：「那倒也說不定，那惡徒或許還有同黨哩！」

皮立那道：「沒有什麼同黨。」

總理道：「你怎麼知道。」

皮立那目注總理道：「總理先生，您究竟是想說什麼呢？」

總理道：「老實告訴你，昨晚總監因急於要弄清佛路倫絲・里文色扮演什麼角色，因此昨晚沒有干涉你的追查，後來見你的行動沒有結果，便趁機把那冒名魯意・皮立那的亞森・羅蘋拘捕了，若是放走了你，那些文件一被宣布出來，我們在輿論上便處於可笑且荒唐的境地了，所以現在你要求釋放，我只有拒絕，除非你幹出一件有相當價值的偉大事情，我才能冒險將你釋放。」

皮立那道：「若我捉到那真凶……」

總理接著道：「那倒不用你費心。」

皮立那道：「要是我向您擔保，任務一完成，我立即趕回來投案自首，再進監牢呢？總理先生？」

總理拍桌道：「好，羅蘋，你要自由，得給我代價。你得明白，在輿論上，你和里文色是這件案子裡的要角，是唯一的罪犯，現在女的逃了，你卻來要求釋放！」

皮立那道：「我絕不使你為難。」

他像一個忠實的商人，在總理對面坐下，誠懇地對總監道：「不必多，只要給我二十四小時，我以名譽做擔保，明天早上我能和女郎同來給你各種證據。現在我先給你一個交換品。」

說時從壁上取下一張非洲西北部的小地圖，攤在桌上，說道：

「有一件事，使總監很懷疑，因為這事，他還派人去調查，就是在三年前，亞森．羅蘋在駐外兵團裡幹些什麼事業。」

「你詳細說說看。」

皮立那用鉛筆在地圖上摩洛哥的地方指著道：

「在這兒，我在那年七月二十四日被俘了，這事使總監和知道這事詳情的人們感到詫異，因為像我這樣的人，怎麼會被四十名巴巴馬兵擒住呢？殊不知我的被擒卻是計策，我因做了俘虜，卻得了一條新生的路，但事情突然起了變化，幾乎失敗。

「這個巴巴馬隊，是游牧大部族裡的一部分，那個部族常到鄰近地方去搶劫。我被俘後，先到小族的帳蓬裡，那裡有酋長的眷屬帳蓬，有十幾個人把守著。他們立刻起程，走了一個星期，我卻被兩手背縛，跟著步行，所以吃了不少的苦頭。

「後來到了一處狹窄的高原，磚石間都是些枯骨和殘破的法國軍器，他們就在那裡立了個木樁，把我綁在上面。從他們的談話和行動裡看來，我知道我已被定了死刑，他們想在隔天早上，先割去我的耳、鼻、舌，再把我斬首。

「到了隔日，天色微明，他們便向我四面圍攏來，男的女的呼聲大起，到了我的影子遮到預先劃好的圓圈上時，大家便靜寂了。有一個人走上前來，命我伸出舌頭來，我依言做了。他便拔出一把小刀來，一看那小刀已斷了半截，便大怒地趕到他一個朋友那裡，拔了一把刺刀來，一看也只剩了半截。於是大家一齊舉起刀槍，四十多個人呼喚著對我衝來，但四十多件武器都已斷了。

「這時有一個人奔了過來，他身材瘦長，背兒微曲，瞎著一隻眼，相貌極為可怕，他便是酋長。他用手槍對我瞄準了，扳了扳槍機，只聽得『禿』的一聲，卻沒有射出槍彈，幾次都是這樣，他們不由得覺得奇怪，於是每個人都舉起武器，什麼鳥槍、手槍、馬槍和舊式西班牙槍，但都不曾發出子彈。這時只見那酋長同兩個助手舉起一塊大石，對我頭頂上擲下來。

「正在這千鈞一髮的時候，我已跳離他們三步遠的地方站著，先前被他們搜去的兩支手槍，現在卻已在我的手裡了。那酋長見了，冷笑不止，在他心裡，以為我的火器和他們的一樣無效，所以拾起一塊石子，對我的臉上擲來，他的兩名助手和其餘的人，也都看著。

「我喊道：『快住手，否則我開槍了。』但這話沒有發生效力，我就連開三槍，他那兩名助手應聲而倒，我便向四下問道：『誰敢再來送死？』這話卻沒有人答應，這時我的槍裡只有十一顆子彈了，但摩耳人卻還有四十二個，於是我便把一支夾入腋下，從袋裡取出兩盒彈藥來，共有五十多顆，並且抽去三柄鋒利無比的大刀給他們看，於是半隊人馬都向後退去，表示投降，不久另外半隊人馬也表示降意，這樣一場血戰，總算在四五分鐘裡解決了。」

十八　撲了個空

皮立那說起這事，真是得意萬分。國務總理和警務總監兩人雖說見聞廣博，這時也聽著出神。

皮立那又指著另一張較大的地圖說道：「總理，你不是對我說過那凶徒的汽車已離開凡爾賽到南特去了嗎？」

總理道：「正是，我們已布置妥當，或在路上，或在南邊拘捕他，他也許要在勝南出搭船，我們或可在那裡捕到他。」

皮立那便在法蘭西道路圖上，用小指東指西畫，好像在模擬暗殺犯逃走的路徑，一會兒，又回到桌邊道：「那四十二個摩耳人既失去了酋長，又親見我那番奇蹟，都以為我是一個天使，有神人相助。」

總理笑道：「他們的念頭也不算轉錯，因為你這次的詭計，連我也不曾明白底細，很覺得奇怪呢！」

「總理先生，您讀過巴爾扎克一個怪異的短篇小說吧，名叫《沙漠裡的愛情》。」

「讀過。」

「那好，謎底就在那裡面。」

總理道：「看過，只是書中有隻被馴服的老虎，你並沒有落在一隻母老虎的爪子下吧？在你的遭遇裡，沒有什麼母老虎要馴服吧。」

皮立那道：「有一些女人與巴爾扎克小說裡的母老虎多少有些相似。」

皮立那道：「我不是說我們有一個星期的行程嗎？那時行動雖不能自由，但眉目間可以互遞情意，從目光裡引起了她們的熱情，戀愛和探求對方的志願，此後可要碰機會了。」

總理道：「偶然的機會來了嗎？」

皮立那道：「來了，有一晚，他們都去睡了，我那束縛本來很容易脫去，便走到附近一個帳篷裡，那裡是酋長的愛人所住。費了一小時的時光，便把那些婦人說服了。但有一件難處，她們有好幾個人，深恐她們來仇視我，但一切倒還順利，都沒有發生妒心。這樣我已有了五個密友了，在行程未終以前，她們已實行我的計畫了，在深夜裡偷偷地把各隊裡的刺刀弄斷，又把手槍裡的子彈取出，把火藥浸溼，一切預備妥當，只待行事而已。」

總理點頭微笑道：「恭賀，恭賀，你的智謀的確不錯，想那五位女子都是美女吧？」

皮立那閉目說道：「醜極了。」

眾人聽說都大笑了。

皮立那繼續道：「她們的面貌雖醜，但到底做了我的救星，一霎那間，那四十二個蠻人因為怕死，都來擁護我做他們的保護人。後來這小小的部隊和從前所屬的那個大部族聯絡了，我便做了他們的酋長。又經過了三個月的訓練，才做了那全部族的酋長，這樣我已有了五個妻子，便派了一個忠誠的親信來法國，帶了六十封信，分別交給六十個人。這些人都是亞森・羅蘋昔日的夥伴，他要懸崖自盡以前，就把他們遣散了。他們金盆洗手，各自揣著十萬法郎現金去做小買賣，或者經營田莊。其中一個人，我給他一家菸店，有一個推荐他去看守公園，還有一些人得到公家單位的閒差。

「總之，那都是一些正直的市民。我給他們都寫了信，不管他是名人、公務員、田莊主、市鎮議員，還是食品雜貨商，教堂聖器室管理人，我都提出了同樣的建議，作了同樣的指點，如果他們接受建議，就可依照這些指點行事。

「在我的預料，六十人中至多不過來十個或十五個，誰知竟一個不缺，都在約定的日期到指定地點相會了，在大西洋的海口裡，他們搭了我那舊時的巡洋戰艦靠岸，並且運來一切軍器，帳篷，火藥，小汽艇和食物，還有許多名貴的商品。那六十個同志，把我分給他們的六百萬法郎再次投入新的事業。

「總理先生，我還需要再說下去嗎？還要不要告訴您，有這樣六十個忠誠屬下幫助，有一支由狂熱的摩洛哥人組成的萬人大軍，武器精良，紀律嚴明，亞森・羅蘋這樣的首領還有什麼辦不到的事？不過十五個月，我們已先後到達阿拉司嶺和撒哈拉沙漠，不辭幸苦，共同幹出這樣的偉大事業，把蠻族征服。」

總理道：「還有亞森・羅蘋在裡面嗎？」

皮立那道：「亞森・羅蘋本不過是個志願兵，他在摩洛哥做了大將軍，也沒有甚麼創建，不料他在十五個月內，卻征服了一個比法國大兩倍的國度，任是古英雄阿開里愛尼百干撒也不能和他相提並論。他費盡心機，征服了半個撒哈拉沙漠，就是古時的馬太尼國，國內有無數的藏寶，一千萬人口，十萬戰士，我贈獻給法國的，就是這個王國。」

總理驚奇不已，手按著非洲地圖，附耳對皮立那道：「你說得明白些。」

皮立那道：「最近幾年來，法國夢想要得一個非州北部屬國，但先損失了剛果的一部分，現在我可賠償它三十倍於損失的價值，把夢想實現出來，把你們征服的小部分摩洛哥和勝南珈聯絡起來，這樣就有一個比法國本土更大的藩屬，那國度有數百方里領土，數千里的海岸線。」

總理道：「你別胡說，這樣的事，我們至少須得費二十年的征戰才能成功。」

皮立那道：「不，只須五分鐘，我贈獻給您的，不是一個正在征服的，而是一個已經征服的帝國，一個境內太平、管理有序、人民安居樂業的帝國。這不是未來的帝國，這是現在，是我亞森・羅蘋的帝國。

「我一生勞碌，什麼苦都吃過，什麼福也享過，論富吧，富得過呂底亞國王克雷絜斯，因為世上的財富都為我所有；論窮吧，窮得過約伯，因為我把錢財都散給了別人。我的什麼願望都滿足了，我固然不願做個不幸的人，可是更厭倦當個幸運的人，我什麼快樂都嘗到了，什麼愛好都體驗了，什麼感情都經受了，我只希望做一件在當代令人難以置信的事情：統治！更令人難以置信的是，這個夢想居然實現了。

「現在那個清白無辜的佛路倫絲女郎，正遭遇危險，只有我能去救她，只須費二十四小時的光陰，這二十四小時的工夫，我就把這馬太尼國作為酬勞品，你可能答應？」

總理笑道：「當然同意。」

皮立那道：「總理先生，您需要什麼作保證？」

「什麼也不需要。」

「我可以拿一些條約，一些文件給您看，證明……」

「不必了，此事我們明天再談。你現在已自由了，走吧！」

令人難以置信的話終於說出來了。

皮立那剛舉足要出去，忽又止住道：「還有一件事，我有一個從前的夥伴，是我因將來有需要他的時候，所以替他謀了個相當的位置，這人就是副探長麥直路司。」

總理道：「副探長麥直路司因接到卡歇爾的控告，證明他是亞森·羅蘋的同黨，現在也已入獄了。」

皮立那道：「不，他是個誠實奉公的模範警員，他因我替公出力，所以輔佐我，我要幹什麼越軌的事，他便阻止我，我要他做什麼非法的事，他反先拘捕我，現在我替他懇求，你釋放他吧！」

總理道：「且慢。」

皮立那道：「請你准許我吧，你可以給他一個秘密使命，把他派往到摩洛哥南部，封他一個殖民地視察員的銜頭。」

總理道：「那就這樣吧。」又回頭對總監道：「親愛的總監，我們現在的行動，已偏離法律的正軌，可是要達到目的就得選擇手段。目的呢，就是了結這可惱的摩而登遺產案，所以我們照辦了吧！」

皮立那道：「今天晚上，一切都會了結的。」

「但願如此，我們的人已經在跟蹤追緝。」總理道。

皮立那道：「他們得到各處去偵訪，徒費許多時光，我可直接找到那個惡徒。」

總理道：「你用什麼神技呢？」

皮立那道：「這個恕我暫守秘密。」

總理道：「好了，你還要什麼？」

皮立那道：「我要這張法蘭西地圖。」

總理道：「你拿去好了。」

「我還要兩支手槍。」

「這個總監自會叫部下給你，你可要些銀錢嗎？」

皮立那道：「謝謝你，不需要，我身上隨時留著五萬法郎以備急用。」

總監插話道：「那麼，我得陪你去看守所走一趟。我想，你的錢包被搜去了吧。」

「總監先生，搜去的都是些無關緊要的東西，我的錢包確實在看守所，不過……」

他抬起左腳，脫下靴子，在後跟上輕輕一拍，只見靴底裡抽出一個抽屜來，裡面有兩張銀票，一個小鑽頭，一條時鐘上的鋼條，幾粒藥丸和一些小物件，指著說道：

「我隨身應用的東西都在這裡，總理先生，再會了。」

之後，便由總監吩咐釋放罪犯，皮立那又向總監道：「總監，那惡徒的汽車，韋伯副局長可有什麼詳細的報告？」

總監道：「有的，他從凡爾賽打電話來，說那車子是從子爵汽車公司裡租來，是一輛黃色的車子，司機坐在左邊，戴一頂灰色鴨舌帽，帽舌是黑皮的。」

「謝謝，總監先生。」

這件不可思議的事情就這樣辦成了：皮立那自由了。不到一個鐘頭的談話，他贏得了行動和發起最後一戰的權力。

皮立那花了四十個法郎，雇了一輛車，向馬林尼機場駛去。車過塞納河，在十分鐘內，趕到了馬林尼機場。

那時天刮寒風，飛機都在機棚裡，皮立那下了車，趕到飛機的棚屋前，見門上各寫著飛機主人的名字。

皮立那走到一間掛著「談維尼」名牌的門走了進去，一個矮胖的男人，長著一張紅紅的長臉，在一旁吸菸，另一些機械師則圍著一架單翼機忙碌。這矮胖子就是大名鼎鼎的飛行員談維尼。

從報紙上，皮立那已知道這談維尼的為人，便直截了當的攤開那張法國地圖道：

「先生，我要追捕一個人，他劫持了我心愛的女人，同坐汽車往南邊去了，到現在約莫已有八個鐘頭了，那車子和司機都是雇來的，如果那輛車子平均每小時連停車的時間在內能行二十英里，那麼在二十個鐘頭裡，也就是到十二點鐘，就能行二百四十英里了，在安谷和南特間的某一處地方，就是這裡。」說時在地圖上一點。

談維尼道：「那就是呂司旁氏車場了。」

皮立那道：「如果有一架飛機，每小時能行六十英里，在早上八點鐘起程，由馬林尼一刻不停地飛四小時，那麼十二點鐘，不是也可到達那裡嗎？」

談維尼道：「正是。」

皮立那道：「太好了，你的飛機可載客嗎？」

答道：「有時載。」

皮立那道：「那麼我立刻就要起程。」

談維尼道：「且慢，你是什麼人？」

皮立那道：「我是亞森・羅蘋。」

談維尼道：「見鬼了！你是亞森・羅蘋的鬼魂嗎？」

皮立那道：「我是真正的亞森・羅蘋，你應該從報上得知了大部分事情經過，昨夜被劫走的，就是佛路倫絲・里文色，我要去救她。你要多少錢？」

「一分也不要。」

「我太過意不去了。」

「也許吧，可我對這事感興趣，這等於是給我做廣告。」

「這裡有兩萬法郎，到明天以前，須代我保守秘密。」

五分鐘後，皮立那穿上飛行服，戴上配有眼鏡的飛行帽。飛機起飛了，升到八百公尺高，以避開氣流，在塞納河上空轉了彎，一頭向法國西部飛去。

他全神貫注，興奮地注視著地面。現在當然還見不到那輛汽車，可是一定會見到的。

皮立那在飛機中望見下面有一叢民房，一個大堡，和禮拜堂的塔尖，便問談維尼是什麼時候了。

答道：「十二點少十分。」

這時安谷已一閃而過，下面又是曠野了。在田畝中間的小道上，有輛黃色汽車正飛也似的前進，皮立那見了不禁大喜，心想這不是挾持佛路倫絲的那輛汽車嗎？

談維尼也道：「是這輛汽車嗎？」

皮立那道：「正是，我們跟蹤他就是了。」

於是飛機掠過長空，一頭朝汽車扎去，幾乎轉眼之間，它就追上了汽車。

談維尼放慢速度，在汽車上面約六百英尺高度，緊緊地跟著。

這時已能看得清楚，深黃色的車子，司機戴著灰色小帽，坐在左方，料想那惡徒和佛路倫絲是在裡邊了，皮立那心裡這樣想著。

「總算追上了！」皮立那心想。「不要挨得太近。」他說：「不然，一顆子彈會把我們毀掉的。」

又飛了一分鐘。他們看見一公里之外，公路分成三道，因此形成一個很寬的分岔口，三條道路之間，楔著兩塊三角形的草地。

「要降落嗎？」談維尼回頭問。

附近的田野空蕩蕩的。

皮立那道：「就請在這裡降落吧！」於是飛機猛然下降，在汽車上面三百英尺高度經過，然後輕輕地降到平地。

皮立那跳了出來，摸出兩把手槍，趕到汽車前面喝道：「快停，否則我就開槍了。」

那輛汽車本開得很快，司機見了這情形，急忙煞車，把車子停住，皮立那奔到車門，對裡面開了一槍，子彈打破了一塊玻璃，但裡面卻毫無反應。

十九 落井下石

司機嚇呆了，茫然地看著遠處農莊被飛機聲音吸引過來的農民。

皮立那一手抓住司機的領口，一手把槍口指在他的太陽穴道：「快說實話，不然便結束你的性命。」

那司機只是求饒不已。

皮立那道：「你呼救也無用，別指望會有人來救你。那些人就是趕來也太晚了。只有一個辦法救你，就是說實話。昨夜，在凡爾賽，有一個先生坐車從巴黎來，下了那輛車，租了你的車，是嗎？」

司機道：「是的。」

「那人是不是帶著一個女郎到南特去？在半路上又叫你放他們下車，是嗎？」

司機道：「是的。」

皮立那道：「他們在什麼地方下車？」

司機道：「還不到勒門斯那裡，下車處，右邊有條小路，在一百碼外，有一個馬車房，就在那裡下車的。」

皮立那道：「那麼車子為什麼仍向前行進呢？」

司機道：「這是他們囑咐的，他給我五百法郎，說南特有一個客人在等候，倘我把他接到巴黎，還可得到五百法郎。」

皮立那道：「你相信有這麼個旅客？」

「不信。我知道他讓我繼續開往南特，是想擺脫人家的跟蹤，他自己從岔道上溜走。可是，往南特開就開唄，我反正得了錢，你說是嗎？」

「你和他們分手後，就沒有好奇心，想看看他們究竟幹什麼嗎？」

「沒有。」

皮立那道：「你小心點，我的手指一動，就能轟掉你的頭。」

司機被迫不過，只得老實說道：「他倆下車後，我也步行回來，在樹叢背後偷看他們，見那男的開了馬房門，發動一輛小汽車，那女的不肯上車，兩人很激烈地爭論了一會，後來那男的連嚇帶騙的叫她上車，那女子似乎已很疲乏，男的便在牆上取一瓶涼水給她喝，那女的便上車了，於是男的開車走了。」

皮立那道：「你沒有見他把什麼東西放進瓶去嗎？」

司機道：「他從衣袋裡摸出一個東西放了進去，但女的卻沒有看見。」

皮立那心想這時諒他還不會毒害她，只不過給她些迷藥，使她分不清路徑罷了，便又問道：「他們開車的方向，你可知道？」

司機道：「不知道，因為他們開車時，我已走開了。」

「那男子你再瞧見時，你可能認得出來？」

「不一定，因為昨天他們上車時，天已經黑了，今天距離又遠，所以我沒有瞧清楚，只是昨天上車時，我見他身材很高，今天早上，卻見他很矮，這個我卻不明白了。」

皮立那問得差不多了，路上的農人愈聚愈多，並有幾輛馬車經過，他便給了幾個司機一筆報酬，並且囑咐他切不可向路人說起這件事，便回頭向談維尼道：「你的飛機還能開嗎？」

談維尼道：「隨便。」

皮立那於是又攤開那張地圖，一看上面路線繁雜，更不知向哪裡去找那惡徒，談維尼又一再催問到哪裡去，皮立那道：「向左折回。」

「到哪裡？」

飛機開行極速，不多時，已到亞倫空，飛機便在譚米尼和亞倫空中間下降，停在一片草地上，這時約在一點三刻。

皮立那在那裡打聽了一會，聽說到譚米尼的路上，有很多的汽車，其中有一輛小汽車，由一位紳士駕駛，已轉到一條通往來其惱古堡的小路上去了。

皮立那下了飛機，幫助談維尼升了空，便依著地上小的輪跡跟蹤尋去。找到了那條小路，穿過叢林，見又一條小路通向那個古堡，盡頭有兩扇鐵格子門，那汽車便從這路上開去。

皮立那見那邊有一堵約莫十三英尺高的圍牆，便設法爬了過去，瞧見車輪痕跡向左轉彎，直向一處荒草蔓延的地方開去。

那地方觸目都是些坍牆壞壁。皮立那轉過一條破籬，瞧見那輛小汽車正停在一塊空地上，車門開著，車中一切物件紊亂翻落著，顯然在車內有人掙扎過了。

皮立那便從這裡沿著草路走去，瞥見那壓扁的草根上，有一件亮光光的東西，拾起一看，立刻認出是佛路倫絲經常戴著的那只戒指，心想也許是佛路倫絲被他拖去時，心裡還指望人家來救助她，所以故意留下這個暗記。

順著往下走去，不遠處又瞧見一朵已摘去花瓣的花朵；走過去，瞧見有五個指印深印在泥土；再過去又見路上有一個用小石子畫著的十字。

這樣一段段地按足跡尋去，那條路卻愈走愈險了。

小徑盡頭，是在泥土坡上開出的三級台階。上面，是一大塊平台，同樣堆滿了殘磚斷瓦。平台正面與中間，聳立著一排圍成半圓形的高大的月桂樹。草地上幾行被踐踏過的痕跡，向月桂樹延伸過去。

那一排月桂樹密密匝匝，從外形看是無法進入的。皮立那相當驚訝，他很容易就把技椏分開了。照種種跡象看來，兇手現在跑到了終點，離他不遠，正在幹罪惡勾當。

確實，一聲冷笑劃破了空氣，離皮立那這麼近，他不禁打了個寒顫。

可是他這樣的人，又怎麼可能因為恐懼而打退堂鼓呢？他兩手抓住兩邊的枝椏，身子悄悄地分出一條路來。

走到最後一叢枝葉前，他停住腳步，撥開眼前幾片樹葉。

他首先看見的，是佛路倫絲。此刻她獨自一人，被五花大綁，躺在前面三十米外的地上。他立即意識到她還活著，感到萬分欣喜。他及時趕到了。佛路倫絲沒有死。於是，他觀察起周圍的情況來。

左右兩邊，月桂樹牆向內陷，像古羅馬的圓形劇場似地環成一圈。裡面，在從前修剪成錐形的紫杉之間，倒著樑柱和一截截拱門。顯然這些東西堆放在那裡，是為了裝點在廢墟開出的小花園。花園中間，有兩條小徑通到那裡。一條上面留著從草地上踏過來的足印，也就是皮立那已經走的這一條，另一條被一條橫路切斷，通往灌木籬笆兩端。

對面，亂七八糟地堆著立著坍落的石頭和天生的峭巖，由盤龍虬爪般的根鬚連結，在畫面深處構成了一個淺淺的洞穴，到處是透光的縫隙，地面上鋪了三四塊條石，很容易看出來。

佛路倫絲就是被綁著、躺在這洞穴下面。

好像有人準備在高大的月桂環抱的舊花園這座圓形劇場上，在洞穴這個祭壇前舉行一個神秘的儀式，把佛路倫絲獻祭一般。

儘管隔了一段距離，皮立那仍然看得清她身上的每一個細節，看得見她蒼白的臉龐。這張臉雖然因恐慌焦急而抽搐，卻仍保持著平靜，流露出期盼，甚至希望的表情，似乎佛路倫絲還沒有絕望，直到最後一刻，還相信可能發生奇蹟。

不過，她的嘴雖然沒有堵上，她卻沒有呼救。莫非她覺察他來了。莫非她預計他會趕來援救？

皮立那猛地握住一支左輪，手已經舉起，準備瞄準。

離犧牲者躺的祭壇不遠，突然冒出那劊子手。他從兩座峭壁之間的荊棘叢中鑽出來。他彎著腰，低著頭，走近洞穴，嘲笑幾聲，說：「你還在這兒？救星沒來？叫他快點吧！」

他的聲音是那樣刺耳，那樣怪異，那樣不自然，皮立那聽完他這些話，渾身都覺得不舒服，他緊握手槍，只要發現情況不對，就準備開火。

「讓他快點來！」兇手笑著說，「不然，再過五分鐘，你就完蛋了。親愛的佛路倫絲，你知道我辦起事來有規有矩，對嗎？」

說時在地上拾起一個拐杖似的東西，夾在左腋下，走了幾步，忽然身子挺了起來，用拐杖拄著，向四周巡視了一回，遂又把身子彎了下來，和先前一樣地矮了半截。

這時皮立那才明白那司機說他的身子有兩個模樣的話，原來他是個殘疾人，患了運動性疾病，營養不良，瘦極了。

此外，皮立那還看到他的臉，那是一張蒼白的臉，顴骨突出，腦門凹陷，皮膚的顏色就像羊皮紙——一張肺結核病人的臉，毫無血色，和癆病鬼一樣。

他巡視以後，又回到佛路倫絲身邊道：「妳雖沒有喊叫，但為預防萬一起見，只有給妳塞上嘴。」

他俯下身，用一條薄綢子頭巾，把她臉的下方纏住，又把腰彎得再下一點，貼在她耳邊說些悄悄話，不時地插進幾聲哈哈大笑，叫人聽了毛骨悚然。

皮立那覺得十分危險，生怕那強盜突然下手，給佛路倫絲扎上一管毒藥，於是把槍對準那傢伙，他相信自己反應敏捷，決定等等看。

忽然那殘疾人猛地往後一退，狂怒地咆哮道：

「你還不明白你完了嗎？我對妳不再有什麼顧忌了，既然你愚蠢地跟我來了，任我擺佈，那你還指望什麼呢？喲，或許是指望我回心轉意？因為你還以為我心裡燃燒著愛情？哈哈！你錯了，小乖乖！你的性命我毫不在乎，就像對待一隻蘋果，你一死，對我來說就毫無價值了。怎麼樣？你或許認為我是殘疾的人，沒有力氣殺死你？

「佛路倫絲，我不會殺你！難道我會殺人嗎，我？我從不殺人。我的膽子太小，殺不了人。我如果殺人，會害怕，會發抖……不，我不會碰你，佛路倫絲，不過……喏，你瞧瞧到底是怎麼回事……你會明白的！啊！我只是把事情策劃安排好而已……這種事我尤其做起來不害怕，佛路倫絲，這只是給你的第一個警告……」

說完，便走開去攀著那邊的樹枝，爬上右面的假山，在身旁拾起一柄小斧，跪下來在一堆小石上砍了三下，只見那些石塊紛紛地掉在佛路倫絲身旁。

皮立那這時覺悟到，這個惡徒原來是打算要把她活埋在這裡，於是大叫一聲，向他們奔過去，冷不防腳下踏了一個空，身子掉下一個地洞去了。

原來這裡有一口井，上面有許多亂草遮著，幸虧皮立那在跌下時，兩手撐在井外，憑著他的臂力，倒還爬得出來，但已被那跛腳看見，早已奔過來，用手槍對著皮立那道：「不許動，否則我就開槍了。」

皮立那此時束手無策，只得服從，不然，就要吃敵人的子彈了。

他和那凶手對視幾秒，凶手的眼睛裡充滿了狂熱，那是病人的眼睛。

凶手一邊密切注意著皮立那的細小動作，一邊爬到井邊蹲著，仍然舉槍對著皮立那，嘴裡再次發出那可怕的獰笑：

「亞森‧羅蘋！好了！你掉進去了！唉！難道你真有這麼蠢麼？我可是明明白白給你打了招呼的！用紅墨水打的招呼。記得吧？『你的死亡地點已經選好了。陷阱準備好了。當心，亞森‧羅蘋！』可是你卻硬要往裡跳！你怎麼不蹲在牢裡呢？這麼說你又擋過了那一擊？

「混蛋，幸虧我有先見之明，採取了防備措施。嗯？怎麼樣，事情考慮得還周全吧？我尋思所有警察都會來追我，可只有一個能夠抓到我，只有一個，亞森‧羅蘋。因此，我一路引你進來，第一是女郎的戒指，第二是沒瓣的花朵，第三是五個指痕，第四是畫在地上的十字等等，這井口上的亂草，也是我上個月布置下的，所以我信上寫明你的墳墓已經選定了。

「我的樂趣就在於借用別人的誠意和力量來擺脫他們。你明白了吧，都由他們主動撞來，我從不曾自己動過手。瞧瞧你這倒楣的模樣！佛路倫絲，妳快看呀！快看看你心上人的臉蛋！」

說時又是一陣怪笑，並且跳起舞來。

皮立那這時已漸漸不支，起先他的手還抓住井口的草，現在兩肩往下沉去，頭也跟了下去，那跛腳坐在井邊，對著井口大笑，不多時，皮立那的兩手一鬆，便不見了。

跛腳坐起身來，大笑道：「羅蘋，羅蘋，現在你沉入這個無底洞去，卻把一幕冒險的精彩劇本結束了。」說畢對佛路倫絲跳舞，身子和腳都縮著，簡直和怪物無異。

跳了一會，又跑到井邊去，吐了三口痰，在地上拾起一個石像的頭，擲了下去，又把地上的舊砲彈滾過來投了進去，這樣投了許多東西下去，把井牆震得打雷般響，然後對著井裡說道：

「羅蘋的靈魂呀，你可別太快地到地獄裡去，那女子在二十分鐘裡也要來陪你了，你得知道，我做事從不失約的，準在四點鐘行事，還有摩而登的那份千百萬遺產，也將歸我所有了，一切都出乎你的意料，我卻早已有了準備，待會兒，佛路倫絲自會來仔細地告訴你的，哈哈。」

二十　最後之愛

時候到了，第二幕慘劇該上演了。

執行了皮立那的死刑後，又該執行佛路倫絲的死刑了。這個殘疾人，這個殘忍的劊子手，幹掉一個又一個人，沒有半點憐憫心，好像是在屠宰場宰殺畜生。

他走到里文色的身邊，取出一支香菸，恨恨地對佛路倫絲道：

「佛路倫絲，這支捲菸燒完，你的時辰就到了。你緊緊盯著它吧。這就是你生命的最後幾分鐘，它們將化為灰燼。盯著看吧，好好想想。佛路倫絲，你必須明白這一點。你頭上聳突的那堆礫石和岩石，歷屆莊園主，尤其是來其惱老頭，都認為遲早要坍塌，而我呢，好幾年前，就認定會有機會用上它，於是鍥而不捨地讓它加速風化，讓它經受雨水的沖蝕。

我只要在別處挖幾下，挖掉嵌在兩大堆石頭間的一塊磚，整個石山就會像紙片搭的城堡一樣垮下來，把妳的身子完全掩沒。這樣妳的屍體被人發現後，便也只認為妳是個逃犯，躲在這個地穴裡。至於我呢，等事情完畢後，便撤去一切證據，把路上踏扁的草仔細地埋好了，並把路上痕跡毀滅，便坐了汽車回去，假裝死去了些時候，再去把那分遺產領來。」

說時吸了兩口香菸，很快活地接著道：

「我早已對妳說過，妳死之後，亞森・羅蘋也來不及干涉我。我得到那分遺產，在法律上有不可否認的權利；沒有人能提出異議，沒有人知道我的名字，我的身材，有時見我高大，有時又很矮小，人家也認不出來，而所有罪行都是在暗中進行的。

「告訴妳，妳和亞森・羅蘋死後，便沒有人能提出證據控告我，便是那些警探們捉到我時，也因證據不足，只得釋放我，雖然人家唾棄我，臭罵我，但我得了那分遺產，擁有偌大的家私，還怕交不到一班上流人嗎？

「我再跟你說一遍，亞森・羅蘋和你一死，事情就完結了。除了幾份文件、小東西，我一時割捨不了，夾在日記本裡，留存至今以外，一切都銷聲匿跡了。這些東西，等一會兒我要把它們一張張燒掉，把灰燼投入井中，它們倒是足以讓我掉腦袋的。

「因此，佛路倫絲，你看，我已經採取了一切防備措施。你不要指望我會生出什麼惻隱之心，因為對我來說，你的死意味著巨額遺產；你也不要指望會有別人來救你，因為沒有人知道我把你帶來了。

「在這種情況，你作抉擇吧，佛路倫絲。事情怎樣收場完全取決於你。或是接受我的愛情，或是一死，由妳選擇吧，這時候，妳說個不字，我便把妳結果了，妳頭一點，我便釋放妳，我倆一同離去，過一段時間，等大家都承認你是無罪時，我們再結婚！妳心裡怎麼樣決定呀，佛路倫絲？」

他壓著火氣，焦急地問她，聲音發抖。他拖著膝蓋在石板上挪來挪去，一會兒央求，一會兒威脅，渴望得到滿足，甚至希望遭到拒絕，因為他的本性驅使他殺人。

「你同意吧，佛路倫絲•只要點點頭，哪怕輕輕點一下都行•我會相信你是一時糊塗，因為你是從不說謊的女人，你的承諾是莊嚴神聖的。你同意是吧，佛路倫絲？啊，佛路倫絲，回答我呀！你真是瘋了，還在猶豫嗎！我一時忍不住氣，就會要了你的命！快回答！喏，你瞧，菸捲熄了，我把它扔了，佛路倫絲，只要點點頭，行還是不行？」

他低下頭，去搖她的肩膀，像是要強迫她表態。可是，突然一下，他發了狂似的，站起來叫道：「她在哭！她在哭！她竟敢哭！哼！倒楣的女人，你以為我不知道你為什麼哭嗎？小乖乖，你的秘密我完全清楚，我知道你不是因為怕死才流淚。

「你什麼也不怕！不是的，你是為別的事流淚！要我說出來嗎，你的秘密？不，我不能！我不能！我說不出口，啊！可惡的女人！啊！佛路倫絲，是你自己要死的，是你自己要找死的……」

他一邊說話，一邊匆忙行動，準備幹那可怕的事情。

他剛才給佛路倫絲看的日記本掉在地上，他拾起來，塞進口袋。然後抖抖索索地脫下外衣，扔在旁邊一叢灌木上，抓起十字鎬，爬上石堆，氣得一個勁地跺腳，叫罵道：「佛路倫絲，是你自己要找死的，你不死，我什麼事也幹不了！我也不可能看到你點頭了！太晚了！既然你願意，那就活該你倒楣！你好蠢吶！」

他爬到了洞穴上方。滿腔怒火使他挺直了身子。他樣子可怕、猙獰、殘忍，兩隻眼睛無比血紅，他把鎬尖插進兩堆石頭之中的磚頭下面，用力撬了一下，兩下，到第三下，磚頭撬開了。

那堆石頭和殘磚斷瓦轟然一聲坍下來，把洞穴嚴嚴實實地蓋住。他自己也被震倒在地上，但立刻爬了起來，口裡唸著佛路倫絲，佛路倫絲，用眼睛向石縫裡瞧去，只是不見那女郎，想來佛路倫絲已被沙石埋葬了，死了。

「死了！」他兩眼發直，樣子呆滯，「死了！佛路倫絲死了！」

他變得精疲力竭，漸漸地兩腿彎了下去，身子蹲到地上，不能動彈。

短短的時間裡，接連對付了兩個人，引發了這場石流滾滾的災難，並且親眼目擊了當場造成的後果，這一切，似乎使他耗盡了所有的精力。

此時他的愛和恨全部煙消雲散，因為亞森．羅蘋死了，他不再恨誰了；因為佛路倫絲不在了，他也無人可愛了。他看上去，就像一個失去了生存目標的人。

他這樣悲鬱地躺了一會，又吃了幾口藥，便爬起來走進方才皮立那瞧見他出來的叢林裡。那裡藏許多應用物品，什麼槍啦，耙啦，鏟啦，鉛絲，繩子啦！他來回幾趟，預備如數把這些投下井去。

這時，一隻受傷的燕子跌落到他身邊。他一把把牠撿起來，放在手裡，像搓一團廢紙一樣把牠搓揉著。他看著鮮血從小鳥的身上湧出來，染紅他的雙手，眼裡射出殘忍的快樂的光芒。

他把小鳥的屍體扔進一蓬荊棘，驀地瞥見荊棘刺上勾著一根金黃的頭髮，立即想起了佛路倫絲，不禁悲從中來。

他跪在崩陷的洞穴前面，又折了兩根樹枝當作十字架，插在一塊石頭下面。彎腰的時候，他口袋裡一面小鏡子滑了出來，砸在一顆石子上，變成碎片。

這不祥之兆把他驚呆了，他懷疑地打量四周，惶恐不安，渾身顫抖，似乎他已感到有無形的力量在威脅他。

他喃喃唸著：「好害怕呀！走吧！」

他拿起扔在灌木叢上的外衣，穿好，一摸右邊口袋，發現剛才塞在裡面夾了文件的日記本不見了。

「咦，」他大驚失色，「我明明放得好好的……」

他又摸摸左邊口袋，接著焦躁不安地把全身上下的口袋都摸了一遍，都沒有摸著。真是咄咄怪事。上衣口袋裡的其他物品，如菸盒、火柴盒，也一樣都不在了。

他驚駭得不得了，嘴裡念念有詞，忽然想起一件事，他覺得有一個人躲在這附近，那人親見他把佛路倫絲和亞森・羅蘋害死，趁他不留意的時候把東西偷了去。

他做事原慣在暗地裡人不知鬼不覺地幹的，這會見有人把他的一舉一動都瞧見了，怎不叫他驚駭呢？於是他向四周巡視了一遍，仍不見一個人，他手握著手槍，指按扳機，準備一見到敵人便開槍射擊。

這裡本有一條磚砌的小路，他料想敵人必由這條路上來的，所以沿著石路，向左轉彎，這裡有枝葉阻路，他便穿過一叢矮樹，繞著一塊大假山石走去，忽然又逃了回來，跌在地上，手槍和手杖都掉在地上，原來他看見了一件從未見過的恐怖的事，在十步遠近，站著一個人，叉著兩腳，手插在衣袋裡，把肩頭斜靠在石壁上，這不是別人，正是一個從墳墓裡出來的鬼魂。

這個鬼魂的出現，叫殘疾人覺得極度恐懼。

這是亞森・羅蘋的鬼魂！

他十分驚駭，逃又不得，抗又不能，便跪在地上，直視著那死人。

只見那人從衣袋裡伸出手來，拿著一盒香菸，那菸盒正是他遺失的那個，又取出一盒他遺失的火柴，抽出一支香菸，只見他把火柴擦出火來，菸也燒出白煙來，他又嗅到一股香菸氣味，他不敢再看，兩手掩面。

只聽見腳步聲愈走愈近，接著有一隻手搭在他的肩上，抓得他不能動彈，那人說道：「老友，你可知道我倆現在的情境，我的起死回生，的確很是奇怪，於你又是大大的不利，但你受了這種打擊，便這樣地難以自制，是無用的……」

他抬起頭來，瞧見亞森・羅蘋仍好好的活著，他的言笑、呼吸，都和活人一般無二，但他一點都不明白，亞森・羅蘋怎麼會活著呢？

殘疾人猛地撲倒在地，抓起手槍想開，但早被亞森・羅蘋瞧見，一腳踢去，殘疾人痛極，便伸手在衣袋裡摸索，皮立那便從身邊摸出一個玻璃注射管，裡面裝滿著黃色液體，對他說道：「你可是找這東西嗎？請原諒，這是要致命的，我防你誤用，所以拿了起來。」

「哈哈！佛路倫絲！」他叫道：「別忘了佛路倫絲，我可抓著了你的要害，我的子彈沒有打著你，毒藥又被你摸走了，可我還有一個辦法傷害你，而且是傷害你的心！你少了佛路倫絲就不能活了，不是嗎？如果把佛路倫絲害死，也就等於判了你的死刑，對吧？如果佛路倫絲死了，你就會上吊自殺，是嗎？是嗎？」

皮立那回答道：「的確，佛路倫絲要是死了，我也不可能活下去。」

那惡徒聽說，樂得什麼似的說道：「她已經死了，我早已對你說過，你倆可在地獄門前相會，快去吧，你難道忍心讓一個女人久等嗎？快去，佛路倫絲早已死了。」

皮立那神色一點不變，說道：「可惜呀！」

那惡徒一聽說，反倒怔住了，問道：「你說什麼？」

皮立那道：「我說世界上最美麗，最可愛的人，莫過於佛路倫絲小姐，你非但不好好地待她，反把她謀害了，如果她真的死了，不是很可惜嗎？」

惡徒道：「我告訴你，她真的死了。」

皮立那道：「不，她真要死了，世界就不會是這個樣子了。天上會佈滿烏雲，鳥兒會停止歌唱，大自然會披上孝服，一片哀傷。可現在鳥兒啁啾，天空湛藍，一切正常。誠實的人沒有死，佛路倫絲怎麼會死呢？」

這番話之後，是長久的靜默。兩個對手相距有三步遠，彼此直視對方的眼睛。皮立那沉著鎮定，殘疾人卻十分驚慌。這個惡魔明白了，儘管事情真相仍未點破，卻明明白白顯露在他眼前：佛路倫絲也活著！

從人的角度，肉體的角度看，這是不可能的。可是皮立那的復活不也是不可能的嗎？然而，他現在好端端地活著，而且臉上毫無傷痕，衣服似乎也沒有撕破弄髒。

殘疾人這時已怒到極點，像是快要瘋狂似的，沿著那磚砌的小路慢慢後退，從蓋住先前那個洞穴的亂石堆前經過。卻不敢朝這邊望，似乎相信佛路倫絲安然無恙，從可怕的墳墓裡爬了出來。

他向後退著。皮立那撿起一捲繩子，不再望向他，專心拆解起來，似乎完全不把他放在心上。

那惡徒退到一處，忽的轉過身來，用力挺起身子，直向那井邊趕去，那井口也好像張著口在等他似的，兩邊的距離漸趨縮短，不過二十步遠了，十步，五步，他伸出兩臂，預備奔撲過去，忽然有一個繩圈，把他連手套住，又是一抽，他便絆倒在地上了。

後邊的皮立那握著長繩的一頭，另一頭就套在那惡徒的身上，他用剩餘的繩子把惡徒綁了個結實，又把手帕塞住他的嘴，和氣地道：

「先生，人們都因太自信了，所以會鬧到自己頭上來，即如方才你把我陷入井裡，你以為我沒有命了，但你仔細想想，當時你我相去不過十步或十五步遠，我在這生死關頭，不會和你死拚一拚嗎？況且只要稍用一些力，便可跳出來，我不和你死拚，卻因另有一個更妙的方法在。

「老實告訴你吧，當我兩腳插入井內時，忽在井牆上踢著了一個古洞，這一來可把我的心寬了許多，於是便一面裝腔作勢，一面卻在設法挖大那個洞口。直到我全身陷沒時，我已退入那個洞裡去了，洞內伸手不見五指，我只是等候機會罷了，我聽你說了一大篇，又避過你投下的東西，等你走開了，我便設法出洞，預備攻你的後方。」

說到這裡，把惡徒翻了個身，又接著道：

「我那時想起在塞納河岸的古堡裡，也有一口古井，它和別的井不同之處，就是有兩個井口，這第二個井口是在井牆上開通，直到堡中的一間屋子裡，不過那邊的井口，已用鐵格封住，這裡的卻被泥沙封鎖著，我想到這個機竅，便開始實驗，果然在暗中摸到一處，走上階石，便聽到你的聲音。」

說到這裡，又把那惡徒翻了個身，這樣連連地翻了幾個身，這回卻用力更重，又繼續道：「先生，那時我既聽到你的聲音，便鑽出了亂石堆，走到地穴後面，就是那佛路倫絲躺著的地方，等到你說『佛路倫絲，妳求死得死，這是妳自己討死呀！』時，地穴裡早已沒有人了，她已被我帶到一個安全的地方，你那個坍下來的磚石，只壓死了幾隻蜘蛛和蒼蠅罷了。現在三幕戲已依序演完，第一，亞森・羅蘋遇救；第二，佛路倫絲脫險；第三，惡徒就縛。」

皮立那說完，便把跛腳搬到井邊，在幾支火槍裡抽了一支出來，用一條十幾碼長的繩子，一頭綁在槍身的中間，一頭結在跛腳背上的繩子上，抱起跛腳，向井口裡慢慢地垂下去，到了十二碼光景的時候，便把槍擱在井口上，俯身向裡面笑道：

「這地方是我留心替你選定的，這裡不會受涼，你可以安睡一會，我已允許佛路倫絲，絕不將你處死，並也允許法國政府，用最快的方法把你活捉送交官府。在明天早上之前，你得在這裡安心住著，這種住法，正和你對待人們的殘酷手段一樣，這裡的槍桿，橫擱在井口上，倘你一動彈，便得掉到井底去，這卻和我不相干的，只能作為自殺罷了，老友，請你靜心地和你那天良、靈魂作伴吧，我去了，再會。」

皮立那說完，便走到一條小路裡，在外層牆下的一個松樹叢裡，佛路倫絲正在等候他，她這時心裡已稍稍鎮定，對於惡徒和皮立那的爭鬥，她卻毫不關心，皮立那對她道：「好了，明天我便把他送交警署去。」

女郎聽說，也不說什麼，只是打了一個寒噤，這是他倆經過患難後的第一次重逢，皮立那瞧了她的目光，心裡很為感動，便道：「沿這牆向左走去，便是我停車的地方，我們上車，趕到亞倫空去，那裡鬧市附近，有一家僻靜的旅館，妳可以在那裡安身，靜候風波的平息，好在惡徒已經擒住，大約不過一夜，不會讓妳久等的。」

佛路倫絲聽說，點頭答應。皮立那不敢自獻殷勤，上前去扶她，不禁又觸起舊時的熱情，但瞧她的神情仍是冷冰冰的，非但不感謝他捨身救命的恩德，竟連熱情的目光也不投予一個，和初見面時無異，她的心思，連皮立那也不能猜透。

這時兩人上了汽車，不一會，到了亞倫空，在一家旅館裡，皮立那把她安頓好後，便自去了。

過了一小時，皮立那忍無可忍，決計去問她個明白，便敲她的房門，不料開門一見面後，竟連一個字也說不出口來，只說道：「佛路倫絲，在我未把他送交警署以前，我先問你一聲，他是妳的什麼人呀？」

佛路倫絲道：「他是我一個不幸的朋友，我覺得他很可憐，我自己也不明白，怎會去憐惜一個惡魔。幾年前，我初次遇見他時，見他體質衰弱，快要死的樣子，於是起了惻隱之心，和他結。恰恰他幫我做了幾樁事，漸漸地，不知不覺地，他對我越來越有影響力。

「在摩氏遺產案初起時，桑佛來和我的一切行動，都是由他指使的。現在我已徹底覺悟，以前種種，都是他強迫我們做的，他用救方夫人出險的話來哄騙我，他指使我們疑忌你，凡是關於他的事，都教我們嚴守秘密，所以桑佛來對你說的話中，並沒有半個字涉及他，我也不知怎的鬼迷了心竅，糊塗到這個地步。但事實促使我，叫我不能疑心這個病夫，他半輩子在醫院裡度日子，雖經醫生們行過各種手術，但他自知愛情是沒有希望了。」

說到這裡，兩人四道目光碰個正著，佛路倫絲覺得皮立那並不在聽她說話，只呆呆地盯著她。對皮立那來說，一切有關案件的解釋都毫無意義，他感興趣的只有一點，就是弄清佛路倫絲對他的想法，哪怕是憎惡的想法，輕蔑的想法。除此之外，任何話都是空話，令人厭倦。

「佛路倫絲，妳可知道我對妳的感情嗎？」

佛路倫絲臉上一紅，像是料不到有這一問似的，但仍坦然答道：「知道。」

皮立那道：「我想妳不會明白，我的一生，除了妳更沒有別的希望了，這種感情，妳會知道嗎？」

女郎道：「知道。」

「你既然知道，」皮立那道：「我就只能由此得出結論，這正是你敵視我的原因。從一開始我就是你的朋友，我想方設法保護你，可從一開始，我就覺得我成了你出自本能又為理性控制的仇恨的對象。我在你眼裡看到的，只有冷漠、不安、輕蔑，甚至厭惡，在危險時刻，事關你的性命或者自由，你總是寧可冒險行事，也不願接受我的救援。我是敵人，是不可信任的人，是什麼醜事都幹得出來的人，是人們避之惟恐不及，想起來就害怕的人。這一切，難道不是仇恨？這種態度，只有用仇恨才能解釋，難道不是嗎？」

佛路倫絲沒有立即回答。似乎她欲言又止。她那張被疲倦和痛苦折磨而消瘦的臉比平日多了幾分溫柔。

「不，」她說，「這種態度，不僅僅只有仇恨才能解釋。」

皮立那大吃一驚。對佛路倫絲這句話的意思，他還沒有很好的理解，可是佛路倫絲說這話的語調，使他極為慌亂。現在佛路倫絲的眼裡一掃往日那種輕蔑的神氣，而是充滿了嫵媚，這是她頭一次在他面前微笑。

「說吧，說吧，我求你了。」他結結巴巴地說。

「我想說，我的冷漠、懷疑、畏懼和敵意，可以用另一種感情來解釋。我之所以逃走，是因為害怕自己，是因為覺得羞恥，是因為想反抗，想抵拒，想忘卻，卻又做不到……」

她不說了。皮立那朝她伸出熱烈的手，求她再說下去，多講一些。可是她搖搖頭，意思是無須多說，他已經完全深入她的內心，窺見她藏在心底的愛情秘密了。

皮立那搖晃著身子，陶醉在幸福之中，兩眼含著眼淚，親熱地擁抱了佛路倫絲狂吻起來，在敬愛的心情驅使之下，不由得跪倒在佛路倫絲的石榴裙下，山盟海誓，訴說著內心的衷曲。

二十一　羅蘋的隱居生活

次日早上八點鐘還沒到，國務總理在自己的屋子裡，正和警務總監在談話。

總理道：「親愛的總監，在你的意料中，他會來嗎？」

總監道：「總理先生，你不用心存疑慮，他一定會來的，他一向很守時，他為信守承諾起見，在鐘打八下的時候，自然會來的。」

總理道：「你這樣認為嗎？」

總監道：「我已有幾個月考察的經驗了，照目前的時勢而論，他因那女子正遭遇到危險，所以定要去追捕那凶手回來，倘那女子因遇險而死，羅蘋絕不能單獨活著的。」

總理笑道：「羅蘋是不會死的，不是嗎？」

說時，鐘打了八下，門外忽有一輛汽車停下，接著門鈴響了，總理吩咐開門，僕人引著皮立那進來，總理問道：「事情怎樣？」

皮立那答道：「結束了。」

「罪犯可曾抓到？」

「已抓住了。」

總理道：「很好，那罪犯想是可怕的人了。」

皮立那道：「不，是個跛腳，癆病鬼，駝背，是個殘廢無用的人。」

總理奇道：「就是那佛路倫絲的愛人嗎？」

皮立那道：「不，佛路倫絲沒有愛他，只是可憐他，任他存有一種希望，或許將來要嫁給他。」

總理道：「真的嗎？」

「真的，還有許多的情節，我已完全探出，並且得到證據，現在人贓俱獲。他名喚勤弗奴，生長在亞倫空，由老來其惱照顧養大，因而結識亞佛蘭夫婦，盜取了他們的錢財，在他們還沒有起訴他以前，把他們引到譚米尼的一間空屋裡，給他們吃了迷藥，令他們雙雙自縊。

「這時老來其惱正抱病在古堡中，起床後，正在收拾一把槍，不料槍彈忽然走火，打中他的腹部，但他明白槍中原本沒有裝彈藥，裝彈人就是這個惡徒勤弗奴，他在前夜已盜得來其惱的財產，到巴黎來享用了，在巴黎又向一個匪棍購得一些紙據，上面證明佛路倫絲為羅素家的後嗣，紙據的失主，是佛路倫絲的老保姆。

「在勤弗奴四下尋訪下，竟被他先後找到里文色的照片和證明，他竭力在女子面前獻殷勤，表示願為她赴湯蹈火死亦甘心，那時，他還沒有明白那些紙據的用處，後來律師李百多氏的秘書無意中在他面前說起主人的抽屜裡有一張寶貴的遺囑，於是他花了一千法郎求得一睹，那秘書就此捲款逃去。

「他在遺囑上，瞧見摩而登的意思，要把這一份龐大遺產傳給羅素家的後裔和維多桑佛來的後裔。勤弗奴得知了這個機會，便要得到那巨額的財產，以便向世界最有名的醫師買得健康幸福。第一，他先得把一切障礙除去，然後再娶佛路倫絲為妻，於是他從來其惱的紙據裡得知羅素一家的詳情，又探明方維耳夫婦不合，通盤一算，這事中的障礙共有五個人，於是他先冒充醫師，設法認識小摩而登，把毒藥放入他日常注射的營養劑裡面，這樣便把各士摩・摩而登害死了；在方維耳那邊，因他和老來其惱熟識，可有些為難，後來想起他們夫婦不睦，方氏自己和兒子愛德蒙又都患了不治之症，於是便和一個著名的大醫師串通一氣，用離間計勸他自殺。

「在他以為計畫成功了，不料范洛警長的插手，又添了他一層障礙，後來范洛也被他設法害死了；最後的一個大敵，便是我魯意・皮立那了，因為我在遺囑上可以說是最後的受益人，因此他設法讓我買下巴奔廣場那間屋子，又令佛路倫絲做我的秘書，再指使桑佛來四次來謀害我。他在我的屋子裡可以來去自由，他又迫令佛路倫絲和甘司冬聽他的指揮，等到我證明方夫人和桑佛來無罪，他設法在監中下毒，把他倆相繼害死。

「一切進行得都很順利，人家都當我和佛路倫絲是罪犯，卻沒有一個人會疑心到他。直到兩天前，他因病進了那太納士路的醫院，他在那裡指揮一切，又使佛路倫絲受著院長的命令，不自知地把那些紙據帶來參加警務總監的會議，同時勤弗奴也離開醫院，躲在小島等候消息……以後的事，總理都知道了，佛路倫絲既由總監押著到醫院裡去，卻又被她逃了，她想去找到勤弗奴，向他問個清楚，就在這天晚上，他把她載走。」

總理道：「那女子你找到沒有？」

皮立那道：「找是找到的，在下午三點鐘光景，只是太遲了，我差點死在井裡，佛路倫絲也差點被他用亂石壓死。」

總理道：「這樣說來，你又是死後復活了？」

皮立那道：「正是。」

總理又道：「但他為什麼要害死那女子。那女子不是與他有婚約嗎？」

皮立那道：「不，結婚須得雙方同意，那女的卻沒有答應他，以前他倆曾互立過一張遺囑，說明誰先死，便把這份遺產讓給對方，昨天，佛路倫絲拿出文件，證明她是羅素家的嫡嗣，因為遺囑之事，女子的死，不是對他有莫大的利益嗎？他得了那份遺產後，便可安心度日，警廳雖能把他捕去，但終因證據不足，只有把他釋放了！」

總理道：「你得到那些證據沒有？」

皮立那道：「都在這裡了。」

說時，取出從跛腳的衣袋裡偷來的那本筆記，繼續道：

「這便是那惡徒保存的信件和文據，這是他和海泡方維耳的來往書信，這是出售巴奔廣場那所屋子的公告，這裡又是一段記事，記錄他到亞倫空截取方氏寫給老來其惱信札一事，還有記著范洛警長竊聽到方維耳和一個同黨談話，暗隨勤弗奴，竊得里文色的一張照片；這裡是第三段筆記，就是在莎士比亞全集中的那段抄本，那書原是勤弗奴的，從這裡可見方維耳的一切陰謀，都被勤弗奴得知，這是他和參贊卡歇爾氏的來往信札，還有他預備登報控告我和麥直路司的幾封信，總理先生，還需要我說下去嗎？一切證據都在你手中了，昨天我在總監面前說的話，不是都證實了嗎？」

總理道：「那罪犯現在哪裡？」

皮立那道：「在外面的汽車裡。」

總理又問道：「你已交給我的那班人嗎？」

皮立那道：「正是，我已把他緊緊綁住，他逃不了的。」

總理道：「很好，你做事很周到，還有一樁疑問，就是那蘋果上的齒痕，真的是方夫人的嗎？」

皮立那道：「這問題我也解決了，在勤弗奴的紙據上，證明我的想法不錯，那齒痕雖是方夫人的，但她卻沒有咬過，幾年前，方夫人在派蘭馬跌得很重，嘴巴撞在石上，嘴裡的牙齒都跌得搖動起來，她便叫一個牙科醫生替她裝上兩條金片，修好她的牙齒，那醫生照例把她的齒痕印了一個模型，這東西卻被方維耳偷走，在死前把齒型印在一塊巧克力糖上，又把它印在一顆蘋果上，這樣兩個齒痕便一般無二了，事後他便把那模型毀去。」

國務總理笑道：「這事就像哥倫布的雞蛋問題，事前人們沒有想到罷了。」

皮立那道：「正是，就像我的名字亞森・羅蘋和魯意・皮立那，同樣有十一個字母，沒有增減，人們也沒有仔細想罷了。」

這時談話已將終了，總理對皮立那笑道：「很好，這事你功勞不小，最後你又把罪犯如約交到，現在你已經自由，我也不能失信，你走吧！」

皮立那對總理鞠了一躬，表示謝意，又問道：「麥直路司怎樣了？」

總理道：「他在今天早晨也被釋放了，總監先生安排得很好，你們倆被捕的事情，沒有讓人知道，你既然叫做皮立那，以後當然也得仍用這個名字。」

皮立那又道：「那麼里文色小姐呢？」

總理道：「由她自己去見初審法官，一經查訊，當然也將釋放，並且依常理推斷，她是羅氏的後嗣，當然是各士摩‧摩而登的合法受益人，那分遺產也應該給她了呀！」

皮立那道：「她已經不要那分財產了，她把這個看做是罪惡之源，是個不祥之物，無論如何不肯要。」

總理道：「那麼怎麼辦呢？」

皮立那道：「可把這分財產用在摩洛哥和剛果北部，拿來修築道路，建設學校。」

總理笑道：「就是你送給我的那個馬太尼帝國嗎？我完全贊成，一個大的帝國，又有這麼一筆經費創辦事業，魯意‧皮立那，我可以說，你對國家有大功，替亞森‧羅蘋添福不少呢！」

一個月後，皮立那和麥直路司、佛路倫絲，一同搭一艘歸國的遊船。

在開行前，他知道勤弗奴在防備疏忽的當兒，已設法自盡了，皮立那到了非洲，便成了馬太尼帝國的國王，找到了舊時的同伴，把麥直路司託付給他們，又組織了一個新政府，預備把這個新帝國，做法蘭西的附庸；又和摩洛哥邊疆法軍統帥會晤，籌謀征服摩洛哥的善策。現在，一切都已成功，叛亂的蠻奴都已征服，成了法國藩屬，國內交通，學校，法庭等等，一切都飛快進行，生氣勃勃，成為第一個強藩國，皮立那等事成之後便退隱了。

現在他回國已有兩年，但他和佛路倫絲結婚的盛況，還深刻印在人們的腦海裡，有許多報紙卻還高呼著捉拿亞森・羅蘋的口號。雖然人家都知道皮立那的真實姓名，知道皮立那和亞森・羅蘋是同樣的字母拼成的。

但有什麼用呢？照理來說，亞森・羅蘋是死了，魯意・皮立那是活著的，誰能夠起亞森・羅蘋於地下，更有誰能夠硬把魯意・皮立那殺死？

如今在一處山明水秀的地方，建著一所小小住屋，加上淡紅的粉刷，又有一個開滿鮮花的園子點綴著，誰不知這是魯意・皮立那的住宅呀！

每逢星期日，巴黎仕女都結隊來拜訪他，他卻容顏如故，一點也不減少年時的風采，只是兩鬢稍稍灰白了些。佛路倫絲也保持著苗條的身材，悅人的臉面，和他同住著，並且不時有公家或私人的訪客請他前去幫忙，所以他有時出門數日不歸，除了這些事以外，他終日研究倫理和哲學，或以種花消遣，不時帶著親手栽種的花出去比賽，總是載譽而歸。

秋初夏末的時候，青、紅、黃、白開滿了一園，微風中吹來陣陣的花香，使人聞了心胸暢快，有幾種色香兼全的品種，世間罕見，羅蘋便把自己的名字當作花名，以作為他畢生浪漫史的紀念。

（全書完）

新編亞森・羅蘋之5 怪客軼事(大結局)

作者：莫理斯・盧布朗
譯者：丁朝陽
發行人：陳曉林
出版所：風雲時代出版股份有限公司
地址：10576台北市民生東路五段178號7樓之3
電話：(02) 2756-0949
傳真：(02) 2765-3799
執行主編：朱墨菲
美術設計：吳宗潔
行銷企劃：林安莉
業務總監：張瑋鳳

初版日期：2023年1月
版權授權：胡明威
ISBN：978-626-7153-42-0

風雲書網：http://www.eastbooks.com.tw
官方部落格：http://eastbooks.pixnet.net/blog
Facebook：http://www.facebook.com/h7560949
E-mail：h7560949@ms15.hinet.net
劃撥帳號：12043291
戶名：風雲時代出版股份有限公司

風雲發行所：33373桃園市龜山區公西村2鄰復興街304巷96號
電話：(03) 318-1378
傳真：(03) 318-1378
法律顧問：永然法律事務所 李永然律師
北辰著作權事務所 蕭雄淋律師

行政院新聞局局版台業字第3595號 營利事業統一編號22759935

定價：280元

國家圖書館出版品預行編目資料

怪客軼事 / 莫理斯.盧布朗著. -- 臺北市：風雲時代出版股份有限公司, 2022.10
面； 公分. -- (亞森羅蘋經典全集；5)
ISBN 978-626-7153-42-0 (平裝)
876.57 111012798